À la croisée du bonheur

Dioucka Gning

À la croisée du bonheur

Roman

Dépôt légal – 1er trimestre 2019

Direction générale du patrimoine publié.
Bibliothèque et Archives Canada / Gouvernement du Canada
Bibliothèque et Archives nationales du Québec, 2019.

© Éditions AFRIKANA, 2019
Montréal, Québec, CANADA

ISBN : 978-2-924928-00-4

À ma mère
À toutes les mères du monde

Prologue

... Aéroport de Lisbonne 12 h 30...

« Oui maman, on vient de nous annoncer qu'il y a un mouvement de grève, notre vol est annulé. On embarque à 1h 45, j'arriverai donc à Paris vers 4h. Tu peux appeler Sala pour lui dire de ne pas m'attendre ? Merci. »

— Excusez-moi mademoiselle ?

— Oui, fit Kadhi, en se retournant excédée ?

Elle ne l'avait pas vu, un jeune homme se tenait juste devant elle, affichant un sourire qui l'avait tout de suite énervé. Grand, mince, très bien habillé, le teint clair et le regard malicieux. Son sourire et sa posture en disaient long sur sa personnalité. Il était sûr de lui et sûr de l'effet qu'il devait avoir sur les femmes. Il était beau et il le savait.

— Vous allez à Paris si j'ai bien compris, demanda-t-il ?

— Oui, mais apparemment ce ne sera pas pour maintenant.

— Je vous ai entendu parler avec l'hôtesse d'accueil.

— Oui, elle vient de me dire qu'il nous faudra prendre notre mal en patience.

— J'ai entendu cela. Vous voulez venir avec moi, vous vous sentirez moins seule dans cette galère. Ils vont nous donner des tickets pour que nous puissions nous restaurer. Très méfiante à l'égard de tout ce qui ressemblait de près ou de loin à la gent masculine et même si cet homme ne semblait pas vouloir la draguer, elle recula. Elle allait lui dire non lorsqu'un autre homme s'arrêta devant eux.

— Excusez-moi, le vol pour Paris c'est bien la porte 41 ?

— Il a été annulé. Ils lui avaient répondu en chœur, ce qui fit sourire l'inconnu. Un colosse d'au moins d'1m90, qui avait l'allure d'un gentleman londonien, se tenait devant eux. Des yeux noirs intenses, des cheveux noirs et courts et un sourire ravageur. Il était très charmant. Son attitude plut aussitôt Kadhi, et la rassura, elle se dit au moins ce charmant jeune homme l'aiderait à mieux supporter Driss.

— Ah je vois, et nous sommes dans cette galère pour combien de temps ?

— Juste sept heures, lui répondit Kadhi.

— Juste ! Vous rigolez j'espère, lui dit Driss, vous avez l'air de bien le prendre, et puis depuis quand les femmes sont si patientes ?

— Depuis que les hommes ont décidé de n'en faire qu'à leur tête, lui répondit Kadhi. Cela vous va comme réponse ?

— Excusez-moi, je ne voulais pas dire cela, je me suis mal exprimé. Apparemment, il avait affaire à une féministe, se dit Driss. Et si nous allions manger en

— attendant ? Je m'appelle Driss, je crois vous avoir entendu dire Kadhi au téléphone. Il se retourna vers Lamine. Et vous monsieur ?

— Lamine !

— Enchanté Lamine, vous allez devoir me supporter durant tout le voyage, car je n'ai pas l'intention de vous lâcher, même si je sais que cette charmante demoiselle se serait bien passé de ma compagnie. Rassurez-vous, je saurai me tenir.

Kadhi leva les yeux au ciel. Un instant, elle eut réellement envie de leur dire non. Elle aurait pu faire les magasins, l'aéroport était très grand et de nombreuses marques telles que Victoria Secret, des vêtements de créateurs ou encore Starbucks y avaient des commerces, et elle aurait adoré déguster tranquillement un café en bouquinant. Lire ou regarder un film, pensa-t-elle, elle avait presque oublié la sensation que procurait le fait de lire un livre. Elle ne lisait plus que des rapports des activités qu'elle menait à travers le monde. Elle acquiesça et accepta de les suivre. Pour une fois, elle décidait de baisser la garde et de ne pas s'en faire.

— Bon d'accord, fit-elle avec un sourire cette fois.

— Super, il ne nous reste plus qu'à trouver le seul restaurant qui accepte les tickets de la compagnie, leur lança Lamine pour calmer les esprits.

En effet, l'aéroport Portela était le plus important aéroport portugais pour ce qui était du trafic aérien. Ils finirent par trouver le fameux restaurant situé dans le hall des départs. Ils prirent ainsi leur repas ensemble, une spécialité portugaise, avant de décider d'aller prendre un café. Un peu plus tard, sentant que le climat commençait à devenir lourd, puisqu'aucun d'entre eux ne décrochait un mot, Driss leur demanda pourquoi ils partaient à Paris, avec un sourire qui visiblement semblait mettre la jeune femme hors d'elle. Ce qui l'avait frappé en premier chez elle, c'était sa noirceur d'ébène, presque divine, des dents blanches qui ressemblaient au croissant lunaire, des yeux très expressifs. De temps à autre, la tristesse y passait furtivement, mais son sourire venait effacer cette mélancolie. Elle était grande et mince, le cou long, le port altier, les traits très fins, le nez parfaitement dessiné. Habillée d'une manière très raffinée, elle ne laissait pas indifférents les hommes qui se retournaient sur son passage. Il lui sourit.

— Aux femmes d'abord !

— Le rassemblement annuel des femmes victimes de maltraitances, lui répondit Kadhi.

— Ah d'accord, c'est bien. Il ne put dire que cela tout penaud. Et vous Lamine ?

— Vous d'abord, pourquoi Paris ?

— Reconquérir la femme de ma vie, répondit simplement Driss.

— Vaste programme, moi j'y vais pour y retrouver la femme de ma vie.

— Vous avez dit reconquérir, lui demanda Kadhi ? Vous voulez donc dire que vous l'avez laissée partir une, deux ou trois fois, que sais-je et maintenant que vous vous rendez compte qu'elle n'est plus à vos côtés, maintenant que vous vous sentez désemparé en son absence vous voulez la reconquérir ?

— C'est cela, mais c'est elle qui m'a quitté.

— Elle avait sûrement ses raisons.

— Euh, dites-moi, un homme peut-il avoir le bénéfice du doute avec vous ?

— Jamais !

— C'est bien ce que je pensais. Vous avez pourtant un visage charmant, je dirai même doux, mais quand vous prenez ce ton, vous faites presque peur.

— Tant mieux, c'est le but recherché.

Lamine assistait à leur passe d'armes, les bras croisés, et il était prêt à exploser de rire. Le voyage s'annonçait riche avec ces deux-là. Kadhi, cette ravissante femme qui était en face de lui, semblait en vouloir à tous les hommes. Elle était belle, mais ce rictus qui lui barrait le front et cette façon de froncer les sourcils à chaque fois que Driss prenait la parole, lui donnait un air sévère. Quant à Driss, qu'il avait reconnu dès le début, car l'avoir vu souvent invité sur des plateaux télé pour discuter de l'actualité économique, cachait vraisemblablement son mal-être à coup de sarcasmes.

— À vous cher ami, lui dit Driss, et si vous nous en disiez un peu plus ?

Et Lamine entreprit de leur raconter son histoire...

Première partie

Au-delà des normes

1

Je savais que l'amour pouvait emprunter toutes sortes de chemins pour venir à nous, et c'est comme cela qu'il m'était tombé dessus, au détour d'un lit d'hôpital, commença Lamine. J'ai rencontré la femme de ma vie dans des circonstances bien étranges. En effet, pendant plusieurs jours Sata fut entre la vie et la mort. Brûlante de fièvre, elle délirait à peine consciente de ce qui l'entourait. Ses parents commençaient à se demander, si elle allait un jour se réveiller.

Les riverains se rappelaient encore de cet effroyable bruit qui les avait tirés de leur sieste quotidienne. Par une journée pluvieuse, appelant les âmes au repos, une voiture venait de rentrer en collision avec un autre véhicule. Sata n'avait pas mis sa ceinture de sécurité et elle était passée par le pare-brise.

— Si si, je me souviens de cette histoire, ils en avaient parlé à la télé, dit Driss.

— Chut, laisse-le parler !

— D'accord, d'accord, excuse-moi chef, vas-y on t'écoute, fit-il en croisant les bras comme un enfant sage.

Lamine repris : légèrement blessé, le jeune homme qui conduisait le second véhicule était sous l'emprise de l'alcool, placé immédiatement en garde à vue, il présentait un taux d'alcoolémie de 0,84mg par litre de sang. Encore aujourd'hui, les circonstances de l'accident n'avaient pas été établies, on savait juste qu'il s'était produit à un carrefour. Elle avait été pendant deux semaines dans le coma et on se demandait si elle allait seulement reprendre conscience un jour. Sa mère dormait à côté d'elle, lui tenant toujours la main. Elle veillait sur sa Sata depuis le début, refusant de rentrer chez elle. Elle était persuadée qu'elle leur reviendrait, elle lui parlait tous les jours. Elle voulait être là, lorsqu'elle se réveillerait.

Un jour, pendant qu'elle lui parlait, elle sentit une pression sur sa main, ce qui la fit sursauter, elle vit Sata bouger, puis cligner des yeux.

— Docteur ! Elle est réveillée, ma fille est réveillée. Sata, tu m'entends, c'est ta mère. Dieu soit loué, tu es vivante.

Pour toute réponse, elle lui serra encore plus la main.

Un homme s'approcha de son lit.

— Comment vous sentez-vous ?

Un homme en blouse blanche était penché sur elle. Sata voulut parler et lui dire que la lumière qu'il passait sur ses yeux lui faisait mal, mais elle ne put que sourire pour rassurer sa mère.

Elle réussit à articuler quelques mots, quoique cela lui demande une force surhumaine.

— Bien. Où suis-je ? dit-elle faiblement.

— Ne parlez pas, il faut vous reposer. Vous avez été victime d'un accident.

La voix du médecin était douce. Elle voyait sa mère derrière s'agiter et passer un coup de fil à son père et ses frères.

— Que m'est-il arrivé ?

— Vous avez subi le contrecoup de la collision. Remerciez votre bonne étoile, vous avez eu beaucoup de chance, cela aurait pu être plus grave. Vous vous appelez comment Mlle ?

— Sata Diallo.

— Qui est l'actuel président ?

— Mustapha Saar.

— Vous avez quel âge ?

— 27 ans.

— Vos parents, vous vous souvenez de leurs noms.

— J'espère bien Docteur, ma mère s'appelle Rayanatou et mon père Abou. Pourquoi vous me posez toutes ces questions ?

Il lui sourit.

— Pour voir si vous n'avez pas subi de perte de mémoire. Je constate que ce n'est pas le cas.

Est-ce que vous pouvez bouger ?

— Oui, mais j'ai trop mal à la tête et j'ai soif.

— C'est bon signe. Infirmière ! Un verre d'eau s'il vous plaît.

À présent, il parlait d'une voix autoritaire ; il s'activait autour d'elle, prenant son pouls, sa tension, vérifiant ses activités motrices. Il avait l'air satisfait de ce qu'il observait. Il indiqua à l'infirmière les analyses et radiologies à faire, les scanners pour vérifier son activité cérébrale. Sata n'avait toujours pas bougé, un peu perdue dans ce langage qu'elle était loin de saisir. Il lui tendit un verre d'eau.

— Je vais vous laisser avec votre mère. Je reviendrai plus tard. Bienvenue parmi nous mademoiselle.

Il avait vraiment l'air gentil se dit-elle, et ses gestes étaient tout aussi tendres. Après avoir rassuré la mère de Sata et l'avoir prise dans ses bras, il partit. Le cauchemar était terminé lui dit-il « soyez fière de votre fille, elle s'est vraiment battue pour vous revenir ».

Sa mère s'approcha d'elle, l'embrassa partout et remercia le ciel de lui avoir rendu sa fille. C'était une magnifique femme, une vraie *haal pulaar*, d'origine guinéenne. Dans cette partie du pays, on disait des femmes peules qu'elles étaient parmi les plus belles au monde, et la mère de Sata en était la parfaite illustration. Très grande, majestueuse, le regard profond et d'une beauté inouïe, elle portait des cheveux longs et bouclés, parsemés de fil blanc comme des étoiles illuminant un ciel de minuit, qu'elle cachait souvent sous un foulard, mais lorsqu'il lui arrivait de défaire celui-ci, ils tombaient en cascade sur ses épaules, magnifiant encore plus sa beauté et son charme. Elle était aussi très douce avec ses enfants, très dévouée à leur père, elle avait renoncé à tout afin de pouvoir mieux s'occuper de l'éducation de ses enfants. Aujourd'hui, elle ne regrettait pas ses choix, elle était fière de Sata et de ses frères. C'était des enfants, aimants, très respectueux des traditions et dévoués à leurs parents.

— Bonjour Ma, ça va ?

— Oh ! Mon trésor, comment vas-tu ? Dieu a entendu mes prières, lui dit-elle en étouffant un sanglot. Qu'est- ce qui s'est passé ma chérie ?

— Ma voiture est entrée en collision avec ce véhicule qui venait vers moi, il ne s'est pas arrêté au feu rouge.

Elle émit un cri d'effroi.

— S'il savait ce qui l'attend. Ce gamin n'a que 18 ans et ton père a promis de ruiner sa vie.

— C'était donc un enfant. Il va bien.

— Oh, mon trésor... Oui il va bien, il n'a rien eu.

C'est à ce moment-là que son père entra dans la chambre en trombe.

Après l'avoir embrassée, il fit appeler le médecin, il voulait un compte rendu immédiat sur l'état de sa santé de sa fille. La mère de Sata le regarda et soupira. C'était bien son père ça, pragmatique, croyant que son pouvoir et sa richesse pouvaient tout résoudre.

— Où est-ce Docteur ? Dois-je faire un esclandre pour qu'il me dise comment va ma fille ?

— Merci de me demander comment je vais Papa.

Elle venait de lui parler depuis qu'il était rentré dans la chambre.

— Sois gentil, laisse ce médecin tranquille, je ne suis pas la seule patiente dans cet hôpital.

— Mais tu es ma fille, ma fille aînée, ce qui fait que tu n'es pas n'importe qui.

Le ton commençait à monter. Rayanatou, lui demanda de se calmer. Avec son père, ils étaient tous les deux de fort caractère et pour s'épanouir, très jeune, elle avait décidé de lui tenir tête, de ne pas être comme tous ses collaborateurs qui courbaient l'échine à chacun de ses passages, s'inclinant devant lui et accédant à toutes ses requêtes. C'était sa façon à elle d'exister et de montrer à ce père qui était de la vieille école, et qui aurait tellement voulu comme aîné un fils qui pourrait reprendre les rênes de l'entreprise familiale, qu'elle était aussi forte que lui. Aujourd'hui, directrice dans une banque, elle lui avait prouvé que là où un homme réussissait, une femme pouvait en faire autant. À la fin du lycée, il l'avait envoyée aux États-Unis pour finir ses études et à l'obtention de son diplôme, elle avait refusé de travailler pour lui, cela aurait été lui céder et renoncer à son indépendance.

Ce que Sata ignorait c'était que son père l'admirait beaucoup et était très fier d'elle.

— Ce docteur viendra quand il aura fini de voir ses autres patients. Sans lui, je ne serais pas là en train de te parler, alors arrête de hurler Papa ou sors de la chambre. J'ai mal à la tête. Elle ne plaisantait pas, il l'avait perçu au son de sa voix, ce qui eut le don de le calmer.

— Excuse-moi ma chérie, mais j'ai tellement eu peur de te perdre, mon unique fille, j'aurais été anéanti si je t'avais perdue.

Il ne lui avait jamais ainsi parlé, il faisait rarement écho de ses sentiments.

— Je vais bien maintenant, c'est ce qu'il nous a

— assuré tout à l'heure. Comment vont mes frères et pourquoi ne sont-ils pas là ?

Le médecin arriva à cet instant.

— Bonjour Mr Diallo.

Il était loin d'être intimidé par le père de sa patiente. Durant ces deux dernières semaines, il avait été très pénible, réclamant les meilleurs soins pour sa fille, hurlant sur tout le personnel quand il n'y avait personne dans la chambre pour surveiller sa patiente. Un homme autoritaire qui avait l'habitude de se faire obéir et qui n'acceptait aucune contradiction.

Sa femme était son opposé par la douceur et la patience dont elle faisait montre, elle passait toujours derrière pour remercier les infirmières, s'excuser de l'attitude de son mari, allant jusqu'à leur faire apporter leur déjeuner. Il se demandait, ce qu'elle pouvait bien trouver à ce vieux bougre, mais il l'avait vu à plusieurs reprises la prendre dans ses bras et la rassurer sur l'état de santé de leur fille, pas si brute qu'il le laisse croire, s'était-il alors dit.

— On va emmener la patiente pour des analyses Monsieur. Je vous verrai plus tard, avec votre épouse, pour vous faire part des résultats. Mais je vous rassure dès maintenant, Mlle Diallo semble se remettre de ce choc, reste plus qu'à vous confirmer tout cela par les analyses.

Son père ne dit rien. Il aimait la manière dont ce médecin s'exprimait.

— Je vous fais appeler dès que j'ai les résultats. Comment vous sentez-vous Sata?

Un frisson la parcourut lorsqu'il dit son prénom. Elle soupira de tristesse, l'infirmière lui sourit.

— Je suis très fatiguée.

— C'est normal. Mlle Ndiaay va s'occuper de vous. Ne vous inquiétez pas, vous n'aurez pas mal, vous pourrez ensuite vous reposer.

— Merci Docteur.

Elle était d'une beauté absurde, pensa Lamine, comme s'il venait de la rencontrer pour la première fois.

Après lui avoir fait passer tous les examens que le médecin avait recommandés, elle était revenue dans sa chambre. Ses parents n'y étaient pas, son père devait sûrement être avec le médecin et sa mère le suivait pour jouer le rôle de catalyseur, il n'y avait qu'elle qui avait cet effet sur lui. Elle lui demandait juste d'arrêter et il s'exécutait. L'infirmière lui avait raconté tout ce que son père leur avait fait subir et elle avait eu honte de l'attitude de son père.

Elles étaient toutes heureuses de la voir enfin réveillée.

Elle s'excusa et promit de se faire pardonner. Quand l'infirmière sortit, elle essaya de réfléchir à toute son aventure, mais incapable de se souvenir, elle abandonna. Elle referma les yeux jusqu'à l'arrivée de ses parents. Elle essaya ensuite de se lever, mais une douleur fulgurante plus forte que la précédente lui traversa la tête et elle ferma les yeux avec un gémissement. Elle se recoucha posa sa tête sur l'oreiller et plongea dans un sommeil long et profond.

Un peu plus tard, à son réveil, la chambre était plongée dans une douce pénombre. Lamine était en train d'écrire et comme s'il avait senti son regard sur lui, il releva la tête. Sata put le regarder. C'était un homme de haute stature, les traits résolus avec ses cheveux noirs de jais. Ses yeux étaient aussi surprenants que le reste de son physique, ils étaient très profonds, mais aussi très captivants.

— Comment vous sentez-vous ?

— Beaucoup mieux. Mais j'ai toujours mal à la tête.

— Ces maux de tête vont bientôt se dissiper, vos résultats sont très rassurants comme je le disais à vos parents. On craignait une amnésie après le choc que vous avez reçu, mais il n'en est rien.

Elle sourit.

« Cette femme était d'une beauté ensorcelante », pensa-t-il de nouveau. Il faudra qu'il se méfie d'elle, c'était sa patiente de surcroît, il n'avait pas à avoir de pareilles pensées. Mais que pouvait-il faire face à un si bel être qui lui souriait si tendrement et qui lui donnait envie de se surpasser pour la protéger.

« Calme-toi mon vieux, se dit-il, là tu t'emballes. »

Elle continua à le détailler. Il ressemblait à un lutteur *seereer*. Elle ne pouvait s'en empêcher. Elle en avait le souffle court.

— Hum ! Hum !

Elle sursauta un peu gênée.

— Excusez-moi, j'étais perdue dans mes pensées.

Il lui sourit.

— Je comprends, je vais vous laisser vous reposer. Je repasserai un peu plus tard.

Prenez soin de vous en attendant.

Il était sur le point de partir, quand il se retourna :

— Si vous voulez parler, n'hésitez pas, je suis là pour ça. Il est normal que vous soyez déboussolée après les événements de ces derniers jours. Sinon, je pourrai demander à notre psychologue de venir vous voir, c'est à votre guise.

— Merci Docteur, mais je n'ai besoin de rien pour le moment. Je veux juste oublier tout ce qui s'est passé.

— Bien sûr, je comprends. Je sais que cela ne doit pas être facile.

Cela faisait maintenant deux semaines qu'elle s'était réveillée. Elle en savait un peu plus sur Lamine, grâce à Mlle N'Diaye, bien qu'ils aient sympathisé durant ces semaines, ils avaient encore du mal à se livrer. Une sorte de timidité les empêchait de se livrer. Elle se sentait de plus en plus bien en sa présence, oubliant presque sa mésaventure. Elle lui avait parlé de l'accident et de la dispute avec son père, il lui avait parlé du décès de sa femme sans rentrer dans les détails.

De son côté à lui, plus la sortie de Sata approchait plus il ressentait une tristesse inouïe. Il faudrait qu'il se reprenne, il était en train de perdre le fil, il flirtait dangereusement avec le précipice. Ne pas tomber amoureux, tel était son combat depuis qu'elle avait posé sur lui ses yeux, quand elle s'était réveillée. Il avait tout de suite été troublé par cette silhouette longiligne à la peau caramel. Ses yeux ressemblaient à deux pierres d'ambre.

Elle lui avait parlé de son enfance, avec ses deux frères, il lui avait parlé de la misère à laquelle il avait dû faire face avec ses parents avant d'arriver là où il en était aujourd'hui.

Elle lui avait parlé des rapports de forces qu'elle pouvait avoir avec son père, il lui avait raconté cet amour fusionnel qui le liait à sa mère. Il lui avait parlé.

Et elle était partie.

Il n'avait pas voulu être là le jour de la sortie, il était un peu triste de la voir partir, il ne savait pas s'il allait un jour la revoir. Il s'était habitué à sa présence, à ses rires à gorge déployée, à ses yeux qui se plissaient, à son sourire qui l'accueillait à chaque fois et à sa douceur de vivre. Elle ne se plaignait jamais, et avait toujours un mot gentil pour les infirmières qui s'occupaient d'elle.

Alors souvent après sa sortie, il allait lui rendre visite pour prendre de ses nouvelles, il prétextait la raison médicale, mais il savait que Sata n'avait plus besoin de soins et ce qui le poussait à venir, c'est qu'il était tombé sous le charme de la jeune fille. Elle avait retrouvé des couleurs. Plus heureuse, moins encline à ses absences. On la trouvait souvent après son accident, le regard perdu dans le vide, et lorsqu'elle s'apercevait qu'il y avait quelqu'un, elle avait un mouvement brusque, comme si elle tentait en vain de s'extirper d'un cauchemar.

Ce jour-là, comme les autres jours et comme depuis le premier jour, il s'émerveilla encore devant tant de beauté. Jamais en 32 ans, pareil regard ne l'avait à ce point troublé. Elle était sensuelle et belle à la fois et sa timidité exacerbait le tout. Reprenant son sang-froid, il détourna ses yeux de la jeune femme et put articuler un son à peine audible non sans quelques difficultés. Que Dieu maudisse les belles femmes, jura-t-il.

Ils passaient ainsi de plus en plus de temps ensemble.

Et il avait même fini par lui présenter à sa fille.

Un jour, il les amena pique-niquer, elle retint son souffle en découvrant le magnifique paysage qui se trouvait derrière le jardin et qui s'étendait à ses pieds.

Au bas de la colline, à quelques kilomètres de la maison de Lamine, scintillait sous les rayons du soleil une magnifique clairière. Elle respira un grand coup et but de cet air pur. Elle en oublia presque tout.

— C'est merveilleux, dit-elle. Merci de m'offrir un tel cadeau.

— Tu le mérites, après toutes les épreuves que tu as traversées.

Sata jouait avec Rama. Elle avait l'air vraiment heureuse, on aurait presque dit que c'était sa mère.

— Tu as l'air bien pensif.

Perdu dans ses pensées, il ne l'avait pas entendue approcher. Il sourit et ouvrit les yeux.

— Tu as l'air d'être heureuse dans cet endroit.

Il regarda un instant Rama qui au loin s'amusait à jeter des pierres dans la clairière, et secoua la tête tristement.

Pour la première fois, Sata posa sa main sur son bras, leur premier contact corporel, le début d'une longue liste de contacts. Elle devinait ce qu'il pensait. La petite n'aurait jamais l'occasion de connaître l'amour d'une maman, les gestes tendres, les contes au coin du feu dans ses bras.

— Il n'est pas difficile d'imaginer ce que tu te dis, tu penses que ta fille ne connaîtra jamais la joie de dire maman. Mais ne t'inquiète donc pas, cette enfant est tellement adorable qu'elle ne manquera jamais d'amour. Partout où elle ira, elle trouvera toujours des personnes qui l'aimeront. C'est une étoile et tout le monde aime les étoiles.

— Merci, souffla-t-il en lui caressant la joue du bout des doigts.

Ce geste la troubla.

Lamine était certes très beau et elle dirait même d'une beauté sauvage et même si ses épaules donnaient envie de s'y reposer et de se laisser emporter, elle était malgré tout persuadée qu'elle n'avait pas sa place à côté de lui.

Un peu plus tard, alors qu'ils étaient sur le chemin du retour et que Rama trop fatiguée s'était endormie dans les bras de son père, il la regarda dans les yeux et lui posa la question qui le brûlait depuis bien trop longtemps.

Elle lui avait dit qu'elle était tombée une fois amoureuse de quelqu'un, mais qu'elle avait été trahie par la suite.

Elle avait aimé à en perdre la raison, avait-elle avoué. Ce qui lui rappelait son premier mariage, un véritable fiasco le temps que ça dura. La plus grande mascarade. Mariage de convenance, mariage malheureux. Il avait pourtant fini par ressentir de la tendresse pour sa défunte épouse, mais elle non, même si elle lui avait fait croire le contraire. Et pendant toutes ces années passées avec elle, il n'avait pas réussi à se faire aimer d'elle.

Exigeant envers lui-même et avec les autres, il était à la recherche de la perfection jusque dans les moindres détails, il pensait alors pouvoir trouver à ses côtés, cette stabilité qui lui manquait, cette sensibilité qui le touchait. Elle était belle, la plus belle de la région, tout le monde l'enviait, on disait de lui qu'il était indigne d'elle. Il n'était pas après tout de la même caste, et le fait qu'il soit aisé n'y changeait rien. Il n'était pas digne d'elle.

Sata, elle, était en admiration et en adoration devant son ex-compagnon. Elle avait pour lui plus d'amour que ce que son cœur pouvait contenir. Elle lui avait promis plus de bonheur que de peine et plus de rires que de pleurs, mais il n'en avait que faire. Elle en avait perdu son temps, son sourire, son insouciance et son romantisme.

« L'amour a ses pièges qu'aucun cœur ne peut éviter. On ne comprendra jamais le pourquoi de son ardeur et la dureté dont il peut faire preuve lorsqu'il n'est pas partagé. C'est une drogue, une drogue dure qui n'a pas son semblable quand il s'agit de brimer les cœurs et de les enchaîner à jamais.

On espère juste après chaque déception, avoir la force de se relever et d'aimer à nouveau, de rencontrer la bonne personne, celle qui est faite pour nous, celle qui nous comblera et verra en nos défauts des qualités, celle qui voudra nous présenter au monde entier et courir le monde d'un bout à l'autre pour nous prouver son amour. »

Et en même temps qu'il prononçait ces mots en face de Sata, il se rendit compte qu'il espérait que cette personne soit elle. Il voulait lui redonner le sourire, la faire rire aux éclats, effacer cette peine qu'elle avait au cœur, l'aimer comme personne n'avait jamais su le faire et comme personne ne pourra jamais le faire.

Parce que la passion est incontrôlable, souvent se révélant être le meilleur des bourreaux, et très destructrice, Lamine en avait peur, mais avec Sata, il était prêt à tout vivre. On ne pouvait se libérer de ses chaînes, c'était impensable, une fois sous son joug, à moins de se détruire à petit feu, on ne pouvait se départir de la passion.

Il avait trop souffert avec son mariage qui très tôt, avait battu de l'aile. Tout le monde connaissait l'issue, ils s'étaient déchirés, et la mort de la mère de sa fille n'avait rien arrangé. Rongé par la culpabilité, Lamine s'était longtemps reproché sa mort, il s'était promis de ne jamais faire souffrir sa fille, de tout faire pour la protéger des relations qu'il pourrait avoir.

Il avait donc hésité à avouer son amour à Sata, car même si elle était incroyablement belle, même si elle s'entendait avec Rama et même si lorsqu'elle souriait, on aurait dit que c'était le soleil qui dansait, réchauffant les cœurs esseulés, il ne pouvait pas, du moins il essayait de s'en convaincre, malgré toutes les remontrances. Il avait fini par succomber au charme de la jeune femme, et la simple idée de ne plus la revoir lui était douloureuse.

Il avait longtemps été à la conquête d'un amour absolu, pur, indéfectible et qui saurait traverser toutes les tempêtes. Comme cette passion qui vous prend aux tripes et dont tous les adolescents ont un jour rêvé, seuls, un soir de pleine lune.

Et c'est ce qu'il avait ressenti, quand il l'avait prise la première fois dans ses bras. Il l'avait d'ailleurs reprise dans ses bras pour voir s'il ressentirait la même chose à son contact, pour ôter ce doute qui lui disait que c'était l'effet du soleil et qu'il versait dans l'emphase. Mais, il avait ressenti la même chose. Souvent, après le drame, incapable de dormir, il sortait la nuit et allait jusque devant chez elle, il voulait lui dire ce qu'il avait sur le cœur, qu'elle lui manquait, que sans elle, sa vie perdrait tout son éclat, qu'il y aurait moins de rires, qu'il aimait la voir sourire, la voir pencher la tête et avoir ce regard si tendre pour les autres. Il l'aimait.

* * *

Nous continuions ainsi à nous voir, leur dit Lamine, l'amour entre nous grandissait de plus en plus. Ses parents n'étaient pas au courant au début, seul son frère savait qu'on s'aimait.

Il y avait beaucoup d'amour, de complicité entre nous, la sensation de s'être trouvés, la certitude de ne plus jamais se quitter. Les rires, les délires, la sensualité, les regards enflammés.

La plénitude.

Sans résistance, nous nous étions laissés envahir par les émulations de l'amour. Incontrôlable, renversant tout sur notre passage, bouleversant nos certitudes, nos repères.

« Sata venait de me libérer des vieux carcans dans lesquels je m'étais enlisé depuis plusieurs années. Elle m'avait sauvé la vie et montré combien elle était belle. À ses côtés, je grandissais, comme si je me haussais sur la pointe des pieds pour voir ce qui était au-delà des choses de mon quotidien si platonique. Elle avait cette légèreté qui me touchait et qui était l'apanage de ces êtres du bonheur, incapables de faire du mal. J'aimais ses défauts, car ils étaient en parfaite concordance avec les miens. Elle m'avait redonné le sourire, permis d'apprécier à nouveau les couchers de soleil, le vent bruire à mes oreilles, les odeurs qui m'entouraient, la vie qu'on célébrait autour de moi. Nous passions des moments exquis et partagions nos peurs et nos combats, mais aussi nos joies et nos doutes.

Je comprenais enfin, ce que connexion cérébrale voulait dire. Je devinais ses pensées, j'aimais finir ses phrases avant qu'elle ne puisse le faire.

Tout n'était que tendresse.

Évidente.

Magnifique.

Il m'arrivait de me pincer pour y croire.

Ce que je ne savais pas, c'est que nous allions bientôt faire face à un cataclysme.

Après plusieurs mois d'insouciant amour, je décidais de lui demander de m'épouser, ce qu'elle accepta en pleurant bien sûr. Ainsi, je demandai à mes parents, comme la tradition l'exigeait d'aller demander officiellement sa main à ses parents. Nous étions convaincus que lorsqu'on s'aime, aucun obstacle ne peut faire qu'on ne puisse être ensemble, mais le couperet était tombé.

Sanglant !

Violent !

Anéantissant !

On ne pouvait pas être ensemble, j'étais *ñeeno* elle *géer* !

Les normes de la société avaient décidé que même si nous nous aimions, même si elle était exquise et qu'elle m'enveloppait d'amour, nous ne pouvions être ensemble.

La loi des castes venait de se prononcer.

Cette hiérarchisation de la société ne datait pas d'aujourd'hui, cela précédait notre naissance et notre amour. Plusieurs couples avant nous avaient déjà souffert de cette situation. Cela allait des classes dites supérieures à celles qui leur étaient inférieures. Cette infériorité découlant soit de l'hérédité, de l'endogamie, de la division sociale du travail ou encore de la professionnalisation.

Nombreux ont été les amoureux à qui l'on avait refusé leur union du fait de cette hiérarchisation. Combien de cœurs brisés, de rêves inachevés, d'histoires abrégées à cause de cela ? Combien de cœurs avaient saigné et étaient restés meurtris, du fait qu'ils n'étaient pas avec la personne qu'ils avaient choisie ? Beaucoup de mal avait été fait à ces gens qui ne demandaient qu'à être ensemble, à laisser leurs âmes communier, à vivre leur amour au grand jour, sans contraintes et sans classification. Nous étions allés au-delà de cette différence, ne voyant en l'autre que ce qu'il était vraiment et ne voyant en l'autre que la source de l'immense bonheur qu'il ressentait et nous irradiait. Nous le savions depuis le début, mais ne nous étions jamais arrêtés à ces considérations. Trop amoureux, nous en avions oublié l'essentiel.

Et la société venait nous le rappeler.

Les parents étaient toujours là, refusant tout mélange, leur esprit comme figé dans le temps, étant rétif aux évolutions, se disant musulmans, mais suivant plus les traditions que le Coran qui n'interdit pas l'union de deux personnes qui s'aiment et qui se marient pour concrétiser leur dessein et ne faire plus qu'un.

Nulle part il n'est écrit qu'il y a des nobles et des « castés ».

« Et merde, aurais-je dû leur dire, on est quand même au 21e siècle, ces contingences, doivent être dépassées. Comment peut-on refuser de célébrer l'amour, l'union de deux personnes, à cause de telles considérations ? Qu'on me dise comment. Il n'y a plus de frontières, avais-je voulu crier. Il n'y a plus de couleurs, de religion, d'âge, encore moins de castes. Nous sommes tous des êtres humains. Nous ne sommes que des êtres humains. N'y a-t-il pas une nouvelle vision des relations amoureuses ?

Pourquoi n'avais-je pas le droit d'épouser ma bien-aimée. « Les Hommes naissent libres et égaux, mais le meilleur d'entre vous est celui qui craint Dieu et s'acquitte de ses prières. » Sata et moi étions donc égaux à tout point de vue. Pourquoi avoir passé autant de temps à nous inculquer les valeurs véhiculées par la religion, si nos parents eux-mêmes ne les respectaient pas ? Quelle est donc cette hérésie, qui pousse à tourner le dos à sa religion, mais plus encore à sa famille ?

Réalités de notre pays m'a-t-on répondu, pour expliquer cette discrimination.

Plusieurs castes composaient la société : les *géer* qui constituaient la caste supérieure et dont la famille de Sata était issue, se considérant comme les nobles vus qu'ils ne pratiquent pas l'artisanat et le travail manuel, ces métiers étant mal vus au sein de leur caste, car salissant les mains.

Il y avait aussi les ñeeño considérés comme une des castes inférieures dans la stratification sociale du travail. J'étais l'un des leurs.

Ensuite les *géwël*, les *maabo*, les *lawbe*, les *tëgg*... Autant de niveaux dans l'échelle des castes qui venaient mettre des barrières entre les personnes et reléguer certaines d'entre elles au dernier rang de la société. Comme s'ils étaient des sous-hommes.

Malgré le fait qu'avec l'avènement de l'islam et le vent de modernisation qui soufflait de plus en plus, et qui avait-on cru, allait dompter et déstructurer cette hiérarchisation, l'on se rendait compte que cette pratique subsistait, et que la vieille génération était encore très convaincue du bien-fondé de cette classification.

Une aberration malgré tout. Empêcher des gens de vivre ensemble sous le prétexte fallacieux qu'ils sont de castes différentes, n'est-ce pas la plus pure offense qu'on puisse porter à l'amour ? Ce sentiment si merveilleux qui unit les cœurs et fait disparaître les peurs et les différences.

Le système des castes était juste impossible à combattre et nous venions de nous rajouter aux nombreux couples qui avaient vu leur histoire interrompue à cause de lui.

Leurs amis leur avaient demandé pourquoi ils n'allaient pas simplement outre l'accord de leurs parents et se marier puisqu'ils s'aimaient et que c'était leur désir le plus ardent. Désabusés, ils avaient tenté de leur expliquer que l'islam, quelle que soit son importance, ne pouvait hélas pas à lui seul faire face à cette idéologie qui date de la préhistoire. Une idéologie désuète qui méritait sa place dans les reliques de l'histoire.

Comme ils étaient profondément croyants, l'accord de leurs parents était une condition, dont ils ne se passeraient pas. L'islam prône l'égalité et la fraternité entre les Hommes, qui ne doivent être distingués que par le fort degré de piété. Il ne permet pas de différenciation fondée sur des critères tels que la naissance ou le travail. L'islam remet en cause cette refondation de la société.

Beaucoup de castes ne s'adonnaient plus aux travaux manuels et faisaient partie aujourd'hui de ceux qui constituaient la plus haute marche de l'échelle sociale, mais il n'en demeurait pas moins qu'ils avaient toujours du mal à se marier en dehors de leur caste. Il arrivait même qu'eux aussi refusent de donner leur enfant en mariage à une autre caste. Ayant longtemps subi le mépris des autres, on pouvait les comprendre.

Du temps où la société était ainsi subdivisée, les bourgeois possédaient l'argent et le savoir alors que les autres castes telles que les *géwël* étaient les conteurs et les chanteurs, plus réputés pour leur capacité à divertir. Mémoire généalogique des familles importantes, arbitre du passé et du présent, ils accompagnaient les rois durant les batailles afin de leur chanter leurs louanges et contaient plus tard leurs glorieux espoirs. Le père de Sata, malgré un haut niveau d'étude, une culture profonde et en dépit du fait qu'il avait voyagé partout dans le monde, vu d'autres cultures, rencontré d'autres personnes, demeurait dans cette tradition et refusait de donner la main de sa fille, à la famille à Lamine, qu'il avait au passage traité comme des malpropres, leur rappelant la noblesse de sa lignée et son aversion pour les castes inférieures.

Très remontés, les oncles de Lamine avaient très mal pris cette réaction, se sentant blessés, ils avaient refusé de retourner chez elle malgré les supplications de Lamine. Ils étaient certes ñeeño, mais jamais ils n'accepteraient qu'on les rabaisse. Eux aussi avaient prouvé partout qu'ils étaient des nobles.

Une impasse.

Le père de Sata refusait d'entendre parler de cette union.

La famille de Lamine blessée ne voulait plus de Sata comme bru.

Les amoureux en étaient là.

Une personne née ñeeño a beau travailler et réussir dans la vie sur tous les aspects, elle resterait toujours inférieure. Lamine resterait donc toujours inférieur à Sata.

Il n'était pas digne d'elle.

La sentence tomba, indéfectible !

La mentalité de la famille de Sata, conservatrice suivait encore la coutume et rien n'avait pu leur faire changer d'avis. Cela avait toujours été comme cela, et le resterait.

Une telle discrimination était horripilante et appelait à la révolte, mais Lamine savait déjà que c'était une lutte perdue d'avance. Leur union dont ils avaient tant rêvée et qu'ils avaient imaginée des milliers de fois, venait tout simplement d'être annulée, leurs familles se liguant contre celle-ci.

La mère de Sata, même si elle n'osait pas aller à l'encontre de la décision de son père, avait témoigné à sa fille de tout son soutien. Ce qui n'avait pas plu au vieux Abou, qui était même allé jusqu'à la menacer. Il restait après tout le chef de famille, sa voix était celle qui comptait au final.

Depuis ces événements, il était devenu un tout autre homme, Sata et ses frères n'auraient jamais pu imaginer qu'il était si conservateur et ancré dans ces traditions qui relevaient plus de la superstition qu'autre chose.

* * *

Sata cessa de se nourrir, de parler, de rire, de vivre. Sa mère souffrait en silence de voir sa fille dans cet état. Le vieux Abou, lui, restait impassible. Il ne reviendrait pas sur sa décision. Ce fut un choc pour Sata. Elle n'en dormait plus. Elle dépérissait de jour en jour sous l'œil de son père qui pensait que cela lui passerait un jour.

Elle ne lui adressait plus la parole, mais un soir, elle avait décidé de rompre le silence et de se confronter à lui. Elle pensait qu'il finirait par céder et leur donner leur bénédiction.

Il était dans son bureau comme tous les soirs. Un lieu austère, les murs étaient tapissés de livres. C'était un homme de culture qui avait beaucoup voyagé.

Son père était à son bureau le regard perdu dans la contemplation du plafond qui laissait voir les étoiles. Il avait voulu laisser une partie vitrée afin d'avoir l'impression de converser avec le ciel. Il s'y retirait aussi pour préparer ses dossiers du lendemain et fumer sa pipe. Et même si personne ne le dérangeait, dans cette retraite, Sata avait jugé que c'était le moment propice pour lui parler. Il l'avait reconnue au son de ses pas.

— Entre ma fille, lui dit-il, sans détourner son regard du plafond.

— Je te dérange, demanda-t-elle.

— Toi ? Tu ne me déranges jamais. Il la regarda enfin. De tous mes enfants, c'est toi qui me ressembles le plus : intrépide, un vrai chef, tu sais être dure quand il le faut et tu sais aussi faire preuve de beaucoup de tendresse. J'ai vu la manière dont tu agissais avec tes frères. Je suis très fier de toi. Si je devais partir, je serais tranquille. Mais dis-moi, tu avais quelque chose à me dire ?

Elle était maintenant juste devant lui. Avant, elle se serait assise sur ses genoux, ce qui leur permettait de retrouver la complicité qu'ils partageaient. Mais ça, c'était... avant que Sata ne devienne grande et que des conflits naissent entre eux. Aujourd'hui, elle préférait garder une certaine distance. « La distance de sécurité », pensa-t-elle.

— Tu me parais soucieuse ma fille.

— Dis-moi père, t'ai-je déjà offensé ?

— Jamais !

— M'aimes-tu ?

— Plus que ma propre vie !

— Est-ce que tu crois en Dieu ?

— Quelle question ! Bien sûr, je te signale que je suis issu d'une famille Omarienne !

— Pourquoi me fais-tu ça alors ?

— Quoi donc ?

— Pourquoi me fais-tu autant de mal ? Es-tu si

insensible à ma détresse ? Pourquoi refuser de me donner en mariage à Lamine puisque je l'aime…?

Il la coupa en levant la main.

— Tu ne l'aimes pas, tu aimes l'illusion que tu te fais de l'amour à travers lui. Tu t'accroches à lui parce que je te le refuse. Tu me tiens tête, tu n'as jamais résisté à cette envie. Chaque fois que tu peux le faire, tu ne t'en prives pas. Comme si... tu essayes de me prouver que tu peux exister sans moi.

— Pures balivernes ! Les mots avaient fusé, cinglants !

— C'est à cause de cet homme que tu oses me parler ainsi Sata Diallo, fille de Rayanatou ? Que n'ai-je pas fait pour toi ? Dis-moi. Je t'ai payé les meilleures écoles, je n'ai jamais rechigné à te céder le moindre de tes caprices. Tu obtiens tout ce que tu veux de moi, et même bien plus que je ne peux t'offrir. Et maintenant mademoiselle est grande donc elle manque de respect à son père. Pour un homme de surcroît !

— Cet homme à un nom et un prénom, cet homme à un cœur, cet homme a sauvé la vie de ta fille, cet homme l'aime, donc il mérite ton respect, père !

— Oh épargne-moi tes jérémiades.

— Mais...

— Tu es jeune, tu l'oublieras.

— Jamais !

— C'est ce que tout le monde dit.

— Ne minimise pas ma peine. Tu n'as pas le droit de faire ça. Je l'aime, tu m'entends. Il m'a redonnée le sourire. Il a trouvé un cœur éclaté en mille morceaux et il l'a recollé, il m'a insufflée la vie. L'envie d'aimer à nouveau, il me l'a offerte, la capacité à faire confiance à nouveau. De son amour incandescent, il a réveillé la flamme éteinte en moi...

— Suffit Sata! Arrête-moi ces gamineries, tu as dépassé l'âge de pleurer, car on ne te cède pas. Jamais tu m'entends, jamais de mon vivant tu ne te marieras avec cet homme. Il ne te mérite pas, crois-moi. Je ne veux pas que tu prononces le nom de cet homme dans ma maison. Pars, voyage, vois du pays mais oublie cet homme. Il ne sera jamais ton mari !

— Mais pourquoi, pourquoi nous faire tant de mal ?

— Il nous portera malheur !

— Tu crois encore aux mythes à ton âge, père ! Cette noblesse dont tu me parles n'est basée sur rien. Ce n'est pas dans son sang père. C'est la société qui a sottement hiérarchisé la population.

— Ce ne sont pas des mythes, ce sont des faits avérés, il va te porter la poisse. En l'épousant, tu régresseras, ainsi que toute la famille.

— Mais il est riche, il est musulman comme nous, il est très pratiquant, il est bon, et je n'ai jamais rencontré quelqu'un d'aussi généreux et de droit que lui. L'islam ne reconnaît pas les castes père et cela, n'importe quel érudit ou imam te le confirmera. C'est injuste et anachronique. Donne-nous ta bénédiction, supplia-t-elle.

— Nous avons nos coutumes, tu ne me feras pas changer d'avis. Ainsi faisaient nos ancêtres, ainsi ferons-nous Sata !

Elle était maintenant en larmes. Mais loin d'être attendri par les gémissements de sa fille, Abou lui dit sans détour.

— Il n'a qu'à être milliardaire, il restera toujours inférieur et je te rappellerai sans cesse ses origines. Je ne te donnerai jamais ma bénédiction, je ne te permettrai jamais d'épouser cet homme même si tu ne peux vivre sans lui.

— Je me marierai avec lui avec ou sans ton accord.

— Tu oublieras dans ce cas jusqu'à notre existence, car nous ferons pareil pour toi. Tu ne verras plus ta mère, je t'interdirai d'approcher tes frères. Tu sais que j'en suis capable. Plus personne ne parlera de toi. Je t'effacerai de notre existence. Et comme cet homme est riche, tu ne verras sans doute pas d'inconvénient à ce que je te déshérite Sata. Réfléchis bien à cela. Tu devras choisir entre cet homme et ta famille.

Et il était parti, la laissant toute seule dans le bureau, sa voix faisait encore écho, choisir entre Lamine et sa famille. Quelle cruauté !

Sa mère était venue la réconforter, impuissante face à cette décision, elle ne pouvait que s'effacer devant son père. C'était une société patriarcale, c'est le père qui décidait et les autres n'avaient qu'à s'exécuter même s'ils n'étaient pas d'avis. Sa mère ne put rien faire pour elle, elle aurait voulu tenir tête à son père, mais ses convictions le lui interdisaient. Elle essaya tant que bien que mal de discuter avec lui afin de le persuader du bonheur qu'il ferait à sa fille s'il acceptait cette union, que la vraie noblesse se trouvait dans le cœur des Hommes et dans leurs actes, mais rien n'y fit. Il lui dit que si elle n'était pas contente, elle n'avait qu'à divorcer.

* * *

Le lendemain de cette discussion avec son père, ils se rencontrèrent dans leur restaurant préféré. Il arriva le premier et se mit à une table où ils seraient à l'abri des regards. Sata l'avait appelée le matin pour lui dire qu'elle avait vu son père et au son de sa voix, il avait compris que ça ne s'était pas bien passé.

Il la vit arriver, cachée derrière des lunettes et un foulard qu'elle avait enroulé autour de sa tête. Il devina qu'elle avait pleuré et qu'elle tentait de le cacher. Elle était pourtant toujours aussi belle. Il se demandait encore s'il y avait une chose qui ne lui allait pas. Elle jetait des regards furtifs autour d'elle, comme si elle redoutait que son père la fasse suivre par l'un de ses hommes de main.

Drapée dans une robe couleur rose des champs, elle rayonnait malgré sa tristesse.

Elle l'aperçut et lui offrit son plus beau sourire. Ce qui lui réchauffa le cœur et lui fit oublier la mauvaise nuit qu'il avait passée. Il ne supportait plus de la voir pleurer ainsi.

À l'aube, il avait pris une décision.

Il était donc stressé et redoutait l'instant où il devrait lui faire part de cette décision. Ma petite pierre se dit-il, comment ose-t-il donc te faire autant de mal et porter atteinte à ta pureté.

— Bonjour mon amour !

Il s'était levé pour la prendre dans ses bras, l'étreinte fut plus longue que d'habitude, comme si c'était la dernière fois. Il goûta au plaisir de la tenir ainsi et l'embrassa tendrement avant de l'inviter à s'asseoir.

— J'ai déjà commandé pour toi. Elle craqua.

— Eh mon amour, que t'arrive-t-il donc ?

— Tu es si attentionné, dit-elle entre deux larmes.

Il lui sourit.

— Tu es mon amour, c'est normal que je prenne soin de toi.

Il attendit qu'elle ait d'abord pris son verre, il lui parla de la propriété, du fait que tous les employés demandaient de ses nouvelles. Il lui parla de Rama qui ne ratait pas une occasion pour faire des bêtises et faire parler d'elle.

Elle l'écouta, les deux mains soutenant son menton, elle en oublia presque sa discussion avec son père. Elle rit de bon cœur aux folies de Rama avec qui elle avait gardé contact et prenait souvent de ses nouvelles.

— Et toi alors ma chérie, comment vas-tu ?

— Qui moi ? Mieux depuis que je t'ai vu.

Elle lui raconta alors tout, les mots très durs que son père avait employés, son indifférence, ses insultes. Ils avaient décidé qu'ils ne se cacheraient rien, et même si elle avait honte de son père, elle lui dit tout. Il l'écouta patiemment, tenant sa main comme pour lui donner le courage de continuer. Elle pleura encore et encore.

— Ils chercheront toujours un moyen de nous séparer Sata. Nous avions très tôt compris que nos appartenances n'étaient pas à négliger, le fait que nous soyons de castes différentes aurait forcément été la source de notre éloignement.

— Oui, mais je n'aurai jamais cru que mon père allait tomber aussi bas. On se trouve aujourd'hui face à une société réduite à la discrimination, et à la distinction des êtres que Dieu lui-même n'a jamais faite. Tu ne penses pas que c'est la noblesse du cœur qui devrait primer plutôt que la noblesse du sang ?

— Hélas, il me semble qu'on soit face à une impasse et on n'y peut rien. Cette conscience des castes reste quand même assez marquée dans l'esprit de nos parents.

— C'est juste des croyances ancestrales...

— ... qui conservent malgré tout leur poids dans la société Sata. C'est juste une façon d'exclure un pan de la société des hautes sphères et ceci est ancré dans l'inconscient collectif. Nous ne pourrons rien y faire. Je suis fatigué de me battre.

Il lui fit part alors de sa décision, il ne pouvait plus vivre en ces termes, il ne pouvait pas rester là, à la regarder pleurer, incapable de lui redonner la joie de vivre ou de lui faire oublier ses peines.

Elle s'agita. Se tortilla les mains.

Secoua la tête dans tous les sens.

Refusa d'entendre cela.

Elle voulait se battre, ils y arriveraient, elle en était convaincue.

Malgré tout, il lui tint tête, pour une fois, peut-être qu'il le regretterait un jour, mais il était incapable de la voir se détruire pour lui et de voir leur famille qui était auparavant si unie voler en éclat à cause de leur amour. Si les familles avaient décidé que c'était impossible, il fallait se résoudre et apprendre à vivre avec cette désillusion. Même s'ils ne s'étaient pas préparés à cela.

Elle le coupa.

— Tu stresses, tu te dis que le fait que tu appartiennes à la caste des ñeeño fait que nous deux ce ne sera jamais possible, mais moi, quand je t'ai vu, dès le premier regard, je t'ai aimé. J'ai aimé ce visage si tendre, ce regard si expressif, ses lèvres qui me parlaient, cette bouche qui me susurrait des mots doux et ce sourire qui me réchauffait le cœur. Je t'ai aimé toi, j'ai aimé la personne que tu es et non tes appartenances. Donc caste ou pas caste je t'aime et cela rien ni personne ne pourra me l'enlever ni m'en départir. Alors, nous allons tenir tête à nos parents. Nous allons faire front et ce n'est qu'ainsi que notre amour triomphera aux yeux de tous.

— Non...

Lamine ne souriait plus, son visage était fermé, il avait même croisé ses bras sur sa poitrine. Il aurait suffi qu'elle le touche, pour qu'il change d'avis. Il se devait d'être fort.

Je ne veux pas te séparer de ta famille reprit-il, je sais à quel point elle compte pour toi. Et tôt ou tard, tu me le reprocheras. Tu n'y survivras pas d'ailleurs et j'en serai très malheureux. Je t'aime certes. Oui Sata, je t'aime comme je n'ai jamais aimé personne, tu me rends fou, chaque parcelle de mon corps est imprégnée de cet amour. Je t'aime tellement qu'à chaque fois que je pense à toi, je manque de souffle, je deviens fébrile, je suis comme compressé de l'intérieur, mais je ne peux te demander de choisir entre eux et moi. Ils sont tout pour toi et ils ont toujours été là. Je ne supporterai pas d'être celui qui s'érigera comme un mur entre vous.

— Si tu savais comme j'aurais aimé qu'ils entendent ce que tu dis et qu'ils aillent au-delà de leurs principes, du politiquement correct, pour savoir à quel point tu es un homme généreux. Je vais devenir folle. Pourquoi nous font-ils cela, pourquoi nous infliger pareilles épreuves ? Pourquoi nous séparer alors qu'ils savent que cela nous briserait ? Pourquoi tant de bêtises, de mépris et de fioritures ? Je les hais pour ce qu'ils nous font. Ne me demande pas de les comprendre, je ne saurais le faire. Ils ont vécu leur vie et ils veulent vivre la nôtre. Ils ont trouvé leur âme sœur, l'autre partie d'eux-mêmes et ils veulent nous empêcher de communier, d'être ensemble. N'est-ce pas égoïste de leur part ?

Elle était maintenant à terre, il la berçait dans ses bras, mais elle sentait déjà la fin s'approchait.

Inéluctable.

Insensibles aux regards qu'on leur jetait.

Il était déchiré de la voir souffrir à ce point.

— C'est quoi leur justification ? Ils ne veulent pas que leur sang si noble se mélange au sang d'une caste inférieure. Pures inepties.

Ne te mets pas dans ces états ma chérie. Je suis aussi malheureux, je dirai même, plus malheureux que toi, je t'ai laissée entrer dans ma vie, je t'ai ouvert mon cœur pensant que tu allais y rester pour l'éternité. Je t'aime à un tel point que je ne saurais le dire. Mais il faut s'y résoudre. Tu m'oublieras.

— Jamais !

— Tu te marieras, tu auras des enfants, tu

—

connaîtras à nouveau le bonheur… Elle le fit taire par un baiser.

— Je n'aimerai plus jamais personne autant que je t'aime. Si je ne peux porter tes enfants, je ne porterai l'enfant de personne. Jamais. Tu m'entends. Jamais. Ils ont raté l'occasion d'avoir des petits enfants, en me te refusant.

Et elle tint cette promesse.

Il la ramena chez elle, incapable de conduire, elle s'était laissée faire. Il avait appelé sur la route le petit frère de Sata avec qui il s'entendait très bien et qui les soutenait depuis le début. Il leur avait même proposé d'aller plaider en leur faveur auprès de son père. Il était venu la chercher à la gare, les voyant dans cet état, il avait tout de suite compris et avait pris dans ses bras Lamine et lui souhaita bonne chance pour la suite. Il regrettait sincèrement cette situation.

Il partit, pour ne jamais revenir.

Lamine reprit son souffle, visiblement encore affecté par ses souvenirs.

« Pendant trois, ans, nous sommes restés sans nouvelles l'un de l'autre, nous avons tenté de refaire notre vie et de tourner la page, jusqu'à ce jour... »

* * *

Chaque je t'aime était pensé, ressenti et dit avec amour. Il n'y avait pas de place pour l'hypocrisie.

Ils s'aimaient vraiment...

Ils s'aimaient à en

mourir... Ils

transpiraient l'amour...

Chaque parcelle de leur corps en était imprégnée... Oui, ils se sont aimés, ils s'aimaient toujours, mais se retrouver là, l'un en face de l'autre dans cet endroit où ils s'étaient quittés, quelle torture. Il avait suffi d'une fraction de seconde, ils avaient levé la tête au même moment, et leurs regards s'étaient croisés à cet instant-là...

Le vent s'arrêta, les oiseaux se turent, spectateurs de la valse de l'amour qui venait d'être entamée sous leurs yeux. Ces deux êtres qui virevoltaient sur un nuage, loin, très loin de tout ce qui les entourait. Les passants n'existaient plus. Seul comptait ce moment, les secondes s'écoulaient comme une goutte d'eau de la rosée du matin qui s'échappait d'un pétale d'iris.

Lentement.

Lamine reçut le choc comme une décharge électrique. Ce fut comme si le ciel venait de lui tomber sur la tête.

Ce regard, ce visage, ce sourire énigmatique, cette chevelure qui encadrait ce visage, il l'aurait reconnu parmi mille.

Alors, ils entamèrent leur valse.

Elle s'avança... Il s'avança...Elle le regarda... Il la regarda...

Ils étaient comme hypnotisés, tenus par le moment, soudain s'enveloppant comme dans une bulle. Sata fut la première à se rendre compte de ce magnétisme, il était comme un aimant, l'attirant vers lui avec une force indicible. Il était toujours aussi beau, il avait toujours ce regard mystérieux qui vous pénètre comme une lame, pensa-t-elle. Combien de fois elle s'était plongée dans l'immensité de ce regard.

Elle s'arrêta net, il continua à avancer. Elle se rendit subitement compte de ce qu'ils étaient entrain faire.

Alors, elle esquissa un pas en arrière.

Il s'avança, l'encourageant du regard.

Elle fit mine de faire demi-tour... il lui tendit les bras. Elle voulait résister, non ce n'était pas bien, ils allaient souffrir à nouveau.

Mais, succombant à ce plaisir doux et amer, à ce mal nécessaire, et pousser par cet amour incurable, elle courut, avalant la distance qui les séparait. La seconde d'après, elle était dans ses bras.

Comment était-ce possible, il y avait de l'amour dans leur embrassade, il y avait du désir refoulé depuis tant d'années, il y avait de la souffrance, le regret d'années perdues à souffrir chacun de son côté.

Elle l'avait tellement rêvé, ce moment.

Lui avait tellement guetté son visage, son sourire éclatant. Scrutant les gens dans l'espoir de l'apercevoir, allant même jusqu'à emprunter les mêmes itinéraires. Elle avait sombré dans une profonde détresse. Lui, avait tellement étouffé de sanglots, pleuré sur son oreiller, roué de coups son lit.

Ils avaient tenté de se reconstruire, mais cela n'avait pas tenu, trop sombres, trop torturés, trop instables pour leurs partenaires respectifs.

« Alors, leur amour avait-il pu résister à tant d'années pendant lesquelles ils avaient essuyé des tornades, bravé des averses, traversé des cyclones ? Étaient-ils devenus plus solides, plus matures, mieux apprêtés à s'ériger contre les autres ? L'heure n'était pas au questionnement se dit-il, il fallait qu'il savoure ces moments, qu'il en goûte, en déguste chaque centième de millième de seconde avec délectation.

Elle était plus belle que dans ses souvenirs. Combien de fois avait-il touché son visage, caressé son corps, respiré son parfum… en rêve hélas. » Lamine, pris une pause sous le regard compatissant de ses nouveaux amis. Driss lui tapota l'épaule pour l'encourager. Il le remercia avec un sourire avant de reprendre.

« J'avais eu l'impression de mourir chaque minute et à chaque seconde depuis que nous nous étions quittés. Peu importait ce qui s'était passé et ce qui se passerait, je savais que je l'aimerai toujours. Nos parents ne pourront jamais nous prendre cet amour. C'était ce qui nous liait, et ce, au-delà de cette existence terrestre. Comment avaient-ils pu me demander de me séparer de mon amour, ma force et ma joie de vivre ? Elle était celle qui avait redonné un sens à mon existence et on m'avait demandé d'y renoncer et de faire comme si elle n'avait jamais existé.

Je humai un peu plus de son odeur et laissai mon souffle glisser sur elle. Je n'avais jamais été aussi bien dans ma vie et pareille paix ne m'avait ainsi habité.

Ma peine s'envola, mes angoisses se liquéfièrent, et ma joie renaquit. Mon âme, ma vie, ma quintessence, ma lumière, ma Sata adorée était de retour dans ma vie.

Je m'accrochais ainsi longtemps à elle, comme pour ne pas chavirer, je me sentais à cet instant comme un naufragé qui n'espérait plus d'aide. Je m'accrochais à elle comme on s'accroche sur un lambeau de bois flottant. Je ne pouvais la laisser même se libérer, je ne voulais pas qu'elle parte.

Je m'enivrais d'elle.

Il me sembla que j'avais des ailes et que j'allai prendre mon envol avec elle, l'emportant vers d'autres cieux, loin de tout ce qui pouvait nous séparer.

Le regard des curieux, leurs chuchotements, les bruits alentours... rien ne me touchait.

Je m'accrochais à elle, comme l'actinie au rocher.

Je la tenais ma Sata et je la trouvais belle à se damner, encore plus belle qu'il y avait trois ans. Je fermais encore plus les yeux pour aller me perdre dans l'extase qui emplissait mon cœur, comme pour ce premier jour où elle était sortie de son coma et qu'elle avait posé son regard apeuré sur moi. Rien n'avait changé, cet amour était le même, autour de nous, au fond de nos âmes, rien n'avait changé. Je ressentais le même amour, la même adoration fiévreuse, dévouée, mais si triste.

Ses bras m'avaient manqué, son parfum, ses gestes, tout ! »

Au-dessus de nos têtes, autour de nous, c'était le même ciel, le même air, la même mélodie amoureuse.

— J'aurais donné dix ans de ma vie pour te tenir ainsi, dans cet endroit qui tait depuis plusieurs années nos souvenirs et souffrances, lui chuchotais-je.

— Si tu savais comme tu as manqué à mon existence, Lamine me dit-elle. Je te demande pardon pour...

— Chut...laisse-moi savourer ces instants mon adorée. Et je la serrais encore plus fort. C'est à moi de te demander pardon, lui dis-je. J'ai été lâche Sata, notre amour méritait que je meurs au champ de combat.

— Je savais que tu vivais quelque part dans ce monde, cela me suffisait.

— Je t'ai fait souffrir, j'ai refusé la main que tu me tendais, j'aurais dû me battre. Pour toi, pour tous ces moments passés à t'aimer.

— L'essentiel est que tu sois là...

— Mais j'ai perdu trois longues années à tes côtés, j'ai perdu trois longues années où tu aurais dû être la première personne que je vois à mon réveil et la dernière quand je ferme les yeux le soir. Le temps m'a paru si long mon adorée. Comment ai-je pu ?

— On n'avait pas le choix.

— On a toujours le choix, le fait de ne pas choisir est en soi un choix. J'ai choisi de partir et de ne pas me retourner alors que tu méritais que je te soutienne et que je sois un pilier pour toi.

« Aujourd'hui encore, je me rappelle de son sourire, de ses yeux pétillants de bonheur, trois ans auparavant, elle m'avait supplié de lutter à ses côtés, mais trop lâche, j'avais préféré me retirer. J'ai pris la ferme décision de ne plus jamais la laisser. Je suis prêt à me battre jusqu'à la lie de mes forces. Déterminé à vivre mon amour avec elle, même la mort ne me fait pas peur. » Il se tut un instant.

— Je ne savais pas que cela existait encore, lui dit Driss.

— Eh oui cher ami, cela existe encore et que de cœurs meurtris.

— Ce qui est important, c'est le respect fondamental de l'individu dans sa différence et sa croyance, c'est ce qui rend le monde beau et coloré. Il n'y a que cela, qui doit être un élément du jugement de la personne.

— J'aurais aimé que ses parents t'entendent.

— Ces fioritures laissent perplexe un esprit cartésien comme le mien. J'ai du mal à intégrer de telles considérations conservatrices de la société.

— C'est vrai qu'il n'y a aucune explication rationnelle, rajouta Kadhi, mais une frange de la société y croit encore.

« Aujourd'hui, nous nous sommes retrouvés, reprit-il, nous nous aimons encore plus, et cela au-delà des normes que notre société a mises en place. Nous avons donc décidé de nous laisser vivre et de nous battre ensemble s'il le faut. Plus jamais nous ne serons seuls.

Ses parents sont au courant que nous nous sommes retrouvés, ses frères sont heureux, sa mère aussi, mais son père a failli faire une crise cardiaque.

Nous ne lui avons pas laissé le choix, s'il ne voulait plus nous voir, ce serait sa décision et nous l'accepterons sans le condamner. Il refuse toujours de me voir, c'est donc son petit frère qui va sceller notre union. Il lui faudra du temps pour accepter tout cela et on espère qu'il s'adoucira avec les petits enfants qui ne tarderont pas à arriver, dit-il dans un large sourire.

Elle est à Paris en ce moment pour régler quelques affaires, on a décidé de se retrouver chez son frère pour le mariage et commencer enfin à rattraper le temps perdu. Je ne veux plus attendre.

J'ai hâte de la revoir afin de revivre ce temps que nous avions vécu à une époque, car lorsque je l'avais retrouvée à la gare c'était les mêmes battements de cœur qui nous animaient, les mêmes étoiles dans les yeux, les mêmes extases, mais surtout le même amour doux, fidèle et tellement dévoué.

Nos deux cœurs étaient comme la mer et le ciel, ils n'avaient pas changé. Le même amour continuait de couler dans nos veines.

J'en ai fini avec mes plaintes et complaintes, j'ai décidé de prendre mon destin en main. Personne ne le fera pour moi. Je suis prêt à mourir pour cet amour. Pour être avec Sata, je suis prêt à faire le tour du monde plusieurs fois, à me perdre encore et encore, j'irai à travers champs vers ce destin qui me mène à elle, j'irai à cheval ou à pied, en train ou en avion. Peu importe, je vivrai avec elle, quoi qu'en disent les autres ou ce que la société en pense. J'userai et je détruirai toutes les barrières qui se dresseront à travers mon chemin pour être avec elle. Dorénavant, ma vie sera vouée à ça, une lutte perpétuelle s'il le faut, mais je lutterai pour elle, je lutterai pour nous, je me dresserai contre le monde entier pour que vive notre amour.

Je l'aime comme un insensé et comme seuls les idiots savent faire, mais je l'aime à en mourir, je l'aime plus que ce que mes forces peuvent me permettre. Je l'aime avec dérision, avec mon âme, mes sens, ma vie, mais aussi avec mes joies et mes peines. Je l'aime au-delà de cette vie que la providence nous offre. Je l'aime tellement que je mourrais, si jamais on me refusait encore de vivre mon amour avec elle.

Seule Sata sait le fond de mon cœur, pourquoi alors devrais-je vivre avec une autre ? Elle me connaît si bien, que je n'ai pas besoin de lui parler. Elle seule sait ce que mes silences veulent dire et ce que ma timidité cache. Elle seule les sait !

Elle m'a rendu bien plus heureux que n'importe qui ait su le faire. Je peux même dire que je ne savais pas définir le mot bonheur dans mon cœur, mais avec elle, j'ai appris et j'ai su le vivre et le dire.

Je rêve de ce moment, où je pourrai la reprendre dans mes bras, ce moment-là, je ne l'échangerai même pas pour un tour du monde en orbite.

Pendant ces années où on a été séparés, je ne me suis occupé qu'à l'aimer, je ne pensais qu'à l'aimer, je n'aspirais qu'à l'aimer et à faire d'elle la déesse de mes cieux. Je ne pensais qu'à elle, je ne vivais que pour elle, éveillé ou endormi, rêvant ou cauchemardant, je ne pensais qu'à elle...

Il est temps de remettre les pendules à l'heure, unis pour la vie, on est prêts à courir le monde ensemble et à aimer notre nouvelle vie !

— Je suis très admiratif, vous avez décidé de vous battre. Vous avez raison. Mon histoire est plus compliquée, enfin, je l'ai rendue plus compliquée qu'elle ne devait l'être, lui affirma Driss.

Ce qui fit sourire Kadhi.

— Et vous Kadhi, reprit-il avec délicatesse, vous êtes une vraie activiste des droits de la femme ou vous allez à ce rassemblement, car vous-même avez été victime de maltraitance ?

Kadhi se radoucit.

— Les deux en fait.

— C'est quoi ce rassemblement ?

— Une fois par an, des femmes du monde entier, de toutes les tranches d'âge et de toutes les couches sociales, se rencontrent quelque part dans le monde pour parler de l'évolution des droits de la femme. On organise des débats sur les violences conjugales, les enfants témoins ou encore les enfants victimes.

Et elle se mit à leur raconter...

Deuxième partie

Désert affectif

1

Le combat d'une femme a toujours été perçu comme étant une guerre contre les hommes, une guerre contre le père, le mari ou l'employeur. C'est ainsi que je l'ai perçu, lorsque pour la première fois de ma vie, j'ai osé regarder mon géniteur dans les yeux et lui tenir tête. J'ai osé lui dire non et l'envoyer sur les roses ! J'ai regardé cet homme acariâtre et sévère qui nous a battues et torturées mes sœurs et moi et surtout ma mère et lui dire que plus jamais, je ne serai soumise et plus jamais, je n'accepterai les coups. J'étais ruinée, déconstruite de l'intérieur et sûrement incapable de reconstruire quelque chose sur les ruines de ma vie, mais je voulais briser les chaînes. Il nous avait en effet enchaînées dans la souffrance et la douleur, mais je me refusais de mourir en ces termes.

À cause de mon géniteur, j'ai tenu tout le monde à distance, je me suis emmurée dans un silence qui était explosif, mais je me suis construite ma bulle à l'intérieur de laquelle, je pouvais me détacher de la personne qui recevait les coups. Cet autre moi n'était que paix, et cela me facilitait la vie. Plus tard, je comprendrai que c'était un mécanisme de survie que mon inconscient avait mis en place, afin de faire face à la maltraitance. Grâce à cette « stratégie », j'avais pu faire face au rejet que l'on avait subi. Ce que j'ignorais, c'est que je plongeais de jour en jour encore plus dans la solitude. Le jour où j'ai compris cela, j'ai pris mon courage à deux mains et je suis retournée me confronter à lui.

Je ne pouvais plus concevoir la peur que j'avais de lui comme un mur infranchissable. J'avais pris le temps de grandir et de mûrir. C'était le défi de ma vie, revenir et faire face, peu importe les conséquences que cet affrontement aurait pu avoir. Entre-temps, j'avais couru à travers le monde, mené des batailles, emmagasiné le maximum d'énergie qui m'aurait permis d'éviter la déroute. Je n'avais plus le droit de fuir le fantôme qui me poursuivait, je devais m'arrêter et me mesurer à lui. Quelques années plutôt j'avais amorcé la recherche de cette force, il avait été temps dès lors pour moi de surmonter les difficultés de mon enfance. J'avais donc décidé d'assouvir cet important désir inassouvi. Désir de me libérer enfin du joug de cet homme. Plusieurs années avant cet affrontement, il m'avait poussée à bout au point de me chasser de chez lui, au milieu d'une nuit d'averse. Il m'avait réveillée et m'avait demandée de le suivre. Ce que je fis sans broncher, ne comprenant surtout pas pourquoi il tenait à me parler en pleine nuit. Mais ce n'était pas pour discuter, il ouvrit simplement la porte et me dit :

Pars et ne reviens plus jamais !

Incrédule, j'étais restée là, bouche bée, ne sachant quoi lui dire. Il réitéra sa demande. J'avais alors pu lui demander, pourquoi je devais partir, qu'est-ce que j'avais bien encore pu faire. Il m'avait alors dit, puisque j'étais une fille indigne qui avait commencé à emprunter le mauvais chemin, il ne voulait plus de moi sous son toit. C'était à l'époque où je commençais à fréquenter les groupes de parole d'aide aux femmes battues. Il avait senti que le vent avait commencé à tourner, et que je prenais de plus en plus conscience de l'hérésie de la situation.

Personne n'avait été au courant dans la famille. Même ma mère. Lorsqu'elle se réveilla, et qu'elle alla dans ma chambre afin de me demander de me lever pour effectuer les tâches ménagères, ne m'y trouvant pas, elle chercha partout et passant devant lui, il lui avait dit :

— Si tu cherches ta fille, sache que je l'ai mise à la porte. Je ne veux plus de cette enfant de chienne chez moi.

Elle en pleura des journées entières.

Cette nuit-là, j'errais dans toute la ville afin de trouver un refuge. Il nous avait éloignés de sa famille, je ne pouvais donc y aller pour demander de l'aide, quant à la famille de ma mère, elle habitait sur la côte, sans argent et sans chaussures, je ne pouvais m'y rendre. Au petit matin, j'étais allée vers la seule personne qui avait toujours voulu de moi, j'aurais aimé qu'il soit mon père et lui aussi, je le savais, aurait voulu que je sois sa fille. Je frappais ainsi à la porte de cette personne, elle seule était au courant de la misère que je vivais depuis que j'étais enfant.

— Bonjour Monsieur.

— Kadhi ? Qu'est-ce que tu fais donc ici à une heure aussi matinale ?

— Il m'a chassée de chez lui.

— Qu'est-ce que tu as fait ? Comment a-t-il pu ? Il n'avait pas besoin de me demander qui, il le savait.

— Moi-même, je l'ignore. Il m'a réveillée au milieu de la nuit et m'a sommée de sortir de chez lui ?

— Tard dans la nuit tu dis ? Tu as dormi où alors ?

— Je n'ai pas dormi ? Je ne savais pas où aller.

— Il n'a donc toujours pas changé ton père. Comment peut-on chasser une fille par ces temps ? Il est inconscient du danger que tu cours. Entre donc mon enfant.

Il appela sa femme, qui aussitôt mise au courant, me trouva des vêtements à mettre après ma douche. Mon instituteur avait été mon père de substitution. Avec sa femme, ils n'avaient pas eu d'enfant. On ne remplace jamais un père, mais lui, avait toujours manifesté de l'intérêt pour moi. Il s'inquiétait des bleus que je pouvais avoir, de mes ecchymoses, de ma démarche qui trahissait que j'avais les fesses en lambeau à cause des coups de ceinture. Il avait pallié cette absence affective de mon père dans ma vie. Il m'aimait tel un père, et comme mon géniteur aurait dû m'aimer. C'est donc, chez lui que je trouvais refuge et c'est lui qui redonna des couleurs au désert affectif qu'était ma vie. J'habitais ainsi chez eux jusqu'à ce que je finisse mes études supérieures.

On parlait souvent du passé, mon instituteur refusait de me laisser m'emmurer dans le silence, il voulait balayer ma tristesse. Il me poussait à parler, à dire ce que je ressentais, à poser des mots sur mes peurs et il était toujours là pour répondre à mes questions, lorsque j'étais dans un total désarroi. Je ne pouvais croire que ce géniteur ne voulait plus entendre parler de moi, qu'il ne s'inquiétait pas de mon état. Mais c'était le cas, il ne prit plus jamais de mes nouvelles. Je n'existais tout simplement plus pour lui, il m'avait effacée de sa vie comme une ville rayée de la carte, après le passage d'un typhon. Ainsi, je grandissais en nourrissant une haine viscérale pour lui.

— Cette violence que ce vieil homme nous fait subir, elle a toujours été là, ils étaient tous au courant, mais ils ne voulaient pas la voir. En niant cette violence, ils ne faisaient que la cautionner selon moi. Je leur en veux autant qu'à lui qui nous violentait, lui dis-je un jour.

— Tu sais Kadhi, ce qui ne se voit pas, n'est pas censé exister.

— C'est donc ça. Et pourtant Gérard, ce quotidien de violence, de terreur, de douleur, d'humiliation que nous avons vécu, ils le savaient.

Cette violence je l'ai subie et supportée, mais j'avais depuis mon enfance décidé de m'en sortir, je voulais échapper à ses coups, à son emprise.

Ce matin-là, j'ouvris mon cœur à cet instituteur qui m'avait toujours soutenu et qui avait très tôt su que ma sœur et moi subissions des violences. Je lui livrai ces douloureux souvenirs dans l'espoir de me soulager, je pensais qu'après lui avoir parlé, je me sentirais mieux, mais je me rendais compte qu'à la fin de mes récits, une sourde colère grondait en moi. L'enfer que j'avais vécu depuis mon jeune âge ne cesserait jamais. Le pire que j'entendis c'est lorsqu'il me traita de « pute ». Il disait que je me donnais aux garçons de mon quartier, ce qui n'était pas vrai bien entendu.

Je grandissais ainsi auprès de Gérard et de sa femme Françoise qui prirent soin de moi comme de leur enfant. Ils m'encourageaient, croyaient en moi et en mes capacités. Ils me poussèrent à faire des études en psychologie et de philosophie. Je trouvais ainsi ma voie. Soigner le malheur des gens était devenu mon métier, connaître les idées, les sentiments et les comportements des individus, ma passion. J'essayais de comprendre avec eux, la peur, l'angoisse de faire face à sa vie, le sentiment d'impuissance.

Je repoussais tous les jours encore plus les limites. Écouter ne me suffisait plus, je décidais donc de descendre sur le terrain, de mener des actions, agir, pour mieux me sentir et bien sûr pour me soigner. Redonner le sourire aux femmes et aux enfants, telle était la mission dont je m'étais assignée.

* * *

Je me souvenais qu'étant enfant, je nourrissais de plus en plus des idées noires dans ma tête, j'avais envie d'en finir avec le vieil homme. Je pensais plusieurs fois mettre du poison dans sa nourriture afin qu'il meurt et qu'on soit tranquille avec ma mère et ma sœur, mais je savais que son fantôme continuerait malgré tout à nous hanter. Le seul moyen pour moi de sortir de cet enfer était de briser les chaînes.

J'avais décidé que puisque, je ne pouvais pas me défendre lorsqu'il me battait, j'allais me vengeais d'une tout autre manière. Ainsi, je découpais ses vêtements ou les donnais aux mendiants, ses dossiers je les donnais à manger aux animaux, sa voiture, je la rayais à chaque fois qu'il la garait dehors. Il vociférait ainsi partout dans la maison, traitant de tous les noms les enfants du quartier : « mal éduqués, mal nourris, mal logés...» Je souriais en coin. Contente de le voir souffrir. Je ne revis ainsi plus jamais sa maison, avant cette journée où j'étais partie chercher ma mère. Ma mère que j'étais obligée de voir dans des places publiques, mon frère qui se cachait pour venir prendre de mes nouvelles de temps en temps.

J'étais partie, mais son spectre me suivait partout, je ne pouvais me départir de son emprise. J'avais l'impression que jamais, je ne pourrais me délivrer. Je ne recevais plus de coups, mais il m'avait détruite. Il m'avait déshumanisée. Alors le jour où, je me trouvais assez de force pour me confronter à lui et sortir ma mère de cet enfer, j'ai cru que ce serait le début de la renaissance. La gorge serrée, les jambes qui tremblaient, l'estomac noué, j'avais pris la décision de le revoir. L'heure de la confrontation avait sonné.

— Je viens chercher ma mère, lui avais-je simplement dit, après qu'il ait ignoré mes salutations.

— Ta mère ? Pour l'amener où ?

— Je la ramène chez moi, elle n'a plus à subir tes humiliations. Je ne veux pas d'histoires, je veux juste la prendre avec moi.

Il éclata de rire.

Malgré la situation, je le découvris sous un autre jour. C'était la première fois que je le voyais rire à ce point. Il se tordait d'un rire démoniaque, et comme il s'était mis à rire, il redonna à son visage cette expression sévère que je lui avais toujours connue. Il fallait être fou ou schizophrène, pensais-je pour passer d'une émotion à une autre en une fraction de seconde. Son visage redevint dur. Il se leva, je crus alors que les coups allaient pleuvoir, mais cette fois, je m'étais préparée, je l'attendais, la clef de bras, que je lui préparais, l'aurait tordu de douleur.

— Ah mademoiselle est devenue grande maintenant, elle est devenue une mère Thérésa des temps modernes et elle court au secours de celle qui l'a enfantée.

Son ton méprisant me mit dans tous mes états.

— C'est une personne, je te signale, cette femme t'a offert sa vie et sa jeunesse et tu parles d'elle comme s'il s'agissait d'un animal.

— Change de ton ou je te montre que tu es sous mon toit !

L'atmosphère était de plus en plus tendue.

— Tu ne sais donc faire que ça, tu ne sais que donner des coups ? Pour toi, la réponse à toutes les questions ce sont les coups ?

Il cracha à côté, de mépris.

— Les femmes ne comprennent que les coups. Je pense que je ne t'en ai pas donné assez, sinon tu n'oserais pas te présenter dans ma maison et me dire que tu viens chercher ta mère.

S'adressant à ma mère, il hurla :

— Kacia, tu n'as donc pas éduqué cette fille ! Toutes les mêmes !

Restée silencieuse depuis le début de la « conversation », ma mère leva la tête pour la première fois, les larmes et la lumière avaient déserté la prunelle de ses yeux depuis longtemps, elle le regarda d'un air de défi. Elle se leva et lui dit :

— Je pars avec elle. Il explosa !

— Maudite femme ! Je n'en attendais pas moins de ta part. Il est aujourd'hui facile pour toi de partir, parce que ta fille a toujours joué les rebelles, et elle croit qu'elle a réussi. Si tu franchis la porte de cette maison ne revient plus jamais. Si je meurs, ne viens pas ! Je te révoque de tout ce que je possède, allez toutes au diable. Soyez maudites et que le châtiment d'Allah s'abatte sur vous.

— Qui es-tu, être infâme pour parler ainsi à ma mère ? Tu es un homme immonde. Ne sais-tu pas qu'en la faisant souffrir tu nous as anéantis ? Tout homme, digne de ce nom ne devrait faire souffrir une mère. Non !

Petite insolente, sors de chez moi ! Tu es la pire de toutes. Dès que tu es née, j'ai su que tu serais celle qui me trahirait. Tu n'as rien hérité de moi. Tu es rétive à toute forme d'autorité. Tu ne dis jamais rien, mais tu n'en penses pas moins. Tu es sournoise, vicieuse même je dirai, tu n'as jamais osé me regarder dans les yeux ni su me porter dans ton cœur, mais je sais tout.

— Tu m'as poussé à te haïr, oui je ne tiens rien de toi et j'en remercie le ciel. Je t'ai renié avant que tu ne le fasses. Tu n'es que mon géniteur. Un père ne se comporte pas tel que tu le fais. Tu aurais pu nous battre et l'épargner elle. Mais tel le taïpan dont la seule morsure pourrait tuer jusqu'à cent personnes, tu as su distiller ton pernicieux venin et tel un vent froid et sec, tu as éteint la flamme qui brûlait dans ses yeux. Si tu savais comme je te déteste pauvre homme. Qu'as-tu fait de mon étoile lumineuse ? Elle ne mérite pas cette vie que tu lui as imposée, cette vie de souffrance et de tourments. Tu nous l'as éteinte, elle qui était si pétillante avant que tu ne l'éloignes de tout. Tu ne méritais pas une telle merveille.

— Prends garde cela pourrait mal finir.

— Qu'est-ce que tu vas me faire ? Me battre ? Essaies et je te montrerais vieil homme que la force a changé de bord.

— Tu oserais battre ton père ?

Mais justement, tu n'es pas mon père ! Tu ne l'as jamais été. Eh oui, je fracasserai n'importe quel homme qui oserait lever la main sur moi, en des millions de petits os. Je ne suis pas de celles qui subissent. Je t'en remercie, car cet esprit rebelle que tu me reproches, ce sont tes coups qui l'ont forgé. Tu ne t'en doutais pas. Mais oui, grâce à toi vieil homme qui empeste le camphre, je ne serais jamais de celles qu'on violente et qui se laissent faire. Jamais !

— Sois maudite !

— Amen !

Tout en parlant, il jetait les affaires de ma mère. Il nous abreuva ainsi d'insultes et de mauvaises prières jusque devant la porte. L'ultime humiliation, je pris ma mère par les épaules et lui suppliai de ne rien dire. Je ramassai ses affaires et partis avec elle. Les voisins s'étaient mis au-dessus de leur mur pour regarder ce qui se passait. Eux aussi étaient complices, durant des années, ils savaient ce que cet homme nous faisait subir et pourtant, ils n'avaient rien fait. Ils n'avaient ni essayé de le raisonner ni tenté de prévenir les autorités afin que ces sévices s'arrêtent. Aujourd'hui, ils osaient regarder ce qui se passait, alors que pendant longtemps, ils faisaient comme s'ils n'entendaient ni ne voyaient rien de ce qui se déroulait dans notre maison.

Un jour, alors qu'il venait encore une fois de battre ma mère sous nos yeux, j'allais la voir afin de sécher ses larmes. Cette fois-ci, il avait trouvé que ma mère avait salué bien trop chaleureusement le voisin et il s'était mis à la disputer. Elle avait fini par se défendre, mais face à mon père qui avait une carrure qui dépassait le mètre quatre-vingt-dix, elle ne faisait pas le poids....

— Essuie cette larme qui coule sur ta joue mère, je suis si triste de te voir pleurer. Je ne supporte pas cette image. Te voir pleurer me fend le cœur. Pourquoi tu restes, lui avais-je demandé de nouveau ? Pars maman, ne reste pas avec cet homme, il finira par te tuer, suppliai-je.

— Partir ? Et vous ? Non, je ne partirai jamais, je resterai toujours avec vous. Je ne vous laisserai pas ici, pour qu'une autre femme vienne ici et vous maltraite plus qu'il ne le fait.

— Alors, rallume cette lumière éteinte, tes enfants puisent leur force dans sa chaleur.

— Je n'en ai plus la force.

— Pars alors et ne te retourne pas, je m'occuperai de Sala, lui avais-je dit. Tu es toujours debout depuis le lever du jour, accompagnant le règne du soleil et le chant des oiseaux jusqu'au coucher du soleil scintillant et pourtant, il te roue de coups. Tu as connu toutes les batailles, remporté toutes les guerres, mais ce vieux fou ne mérite pas ces sacrifices.

— Tais-toi, s'il t'entend tu vas passer un sale quart d'heure. Tu me fais peur Kadhi, pourquoi tu te confrontes à lui ? Tu ne peux donc pas faire comme tout le monde...

— Quoi ? Courber l'échine devant lui, subir ses coups et ne rien dire ? Jamais !

* * *

Mon géniteur, je l'avais depuis longtemps effacé de ma vie, je savais que je ne pouvais pas compter sur lui, parce que je n'étais pas ce qu'il espérait. Il n'avait jamais souhaité avoir des filles, il voulait des garçons pour pérenniser sa lignée, et il en avait toujours voulu à ma mère de lui avoir donné deux filles avant que le seul garçon de la famille naisse. Il avait d'ailleurs menacé ma mère le jour de son accouchement, si elle mettait à nouveau une fille au monde, elle rentrerait directement chez ses parents. Il ne pouvait être avec une femme qui n'enfantait que de filles. C'était une honte pour lui d'avoir autant de filles.

Les filles pour lui : ce n'était que des sources de problèmes. Il nous répétait sans cesse qu'on ne servait pas à grand-chose alors qu'on mangeait beaucoup. Il déplorait le fait qu'il nous nourrissait pour que plus tard on quitte la maison pour aller vivre dans une autre famille.

Le peu de dignité qu'il nous restait après les coups, il nous l'enlevait à coups de paroles amères et d'insultes à longueur de journée. Il n'était jamais satisfait. Le ménage n'était pas assez bien fait pour lui, quant aux repas il y avait toujours quelque chose qui n'allait pas. C'était soit trop salé, trop pimenté ou il n'y avait pas assez de sauce. Tout était prétexte à formuler des critiques, et celles-ci étaient souvent accompagnées de coups. On rasait les murs pour ne pas qu'il nous aperçoive, car si on avait le malheur de passer auprès de lui, on était sûrs que cela finirait par des coups ou des insultes.

Quant à ma mère, la flore de sa beauté s'était depuis longtemps fanée. Il y avait encore dans l'éclat de son visage quelque chose qui rappelait qu'elle avait été belle, mais sa vraie essence s'était étiolée. Dans le noir de ses yeux ne se reflétait qu'un sentiment de désolation et de renoncement. Ce regard, je l'avais souvent rencontré et ce qui me poussa à refuser d'être comme elle, je ne voulais pas subir aucune forme de violence venant d'un autre homme. Vingt années de violence m'auront suffi.

Je lui avais souvent demandé pourquoi elle n'était pas partie dès le début et pourquoi elle avait consenti à subir et sa réponse fut implacable :

— J'ai fini par m'y faire, la première fois, il m'avait dit qu'il ne l'avait pas fait exprès, il me supplia de le

— pardonner, m'affirma qu'il m'aimait et me jura que plus jamais il ne lèverait la main sur moi...

— Et tu es restée.

— La deuxième fois fut plus violente, après s'être encore excusé, ton père Kadhi mit cela sur le compte de la fatigue et du stress qu'il subissait à son travail. Il avait une entreprise à faire tourner, je devais le comprendre. Il alla m'acheter une bague en or pour se faire pardonner.

Elle se tut.

— Et après maman ?

— À partir de la troisième fois, j'ai cessé de compter et il a cessé de se justifier.

— Comment as-tu pu te résoudre à cette vie ?

— Il avait fini par me convaincre que c'était de ma faute.

— Ce n'est qu'un lâche.

— Ne parle pas ainsi de ton père Kadhi, c'est un homme après tout.

— Un homme lâche alors. Il a fait de moi ce que je suis aujourd'hui, mais tu ne peux savoir à quel point il m'horripile.

— Tu sais ma chérie, au début, tout allait bien.

Nous avions une relation très passionnelle. Nous nous sommes mariés très jeunes. Nous avions à peine vingt ans. Nous avons fait nos études ensemble. Mais rapidement, nous avons eu une relation conflictuelle. Ton père est devenu jaloux, possessif, exclusif, méprisant. J'ai mis ça sur le compte de cette relation passionnelle. Je trouvais valorisant cette jalousie. En fait, j'aimais qu'il pense que tous les hommes me désiraient. Mais j'étais loin de me douter qu'il finirait par passer à l'acte et me rouer de coups. Il a d'abord insisté pour que j'arrête le travail et au fur et à mesure, il m'a éloignée de tout le monde, il m'a isolée afin que je ne puisse aller nulle part me plaindre.

* * *

Chez moi, ma mère avait recommencé à sourire, je l'entendais rire en regardant la télé, ce qui n'était pas arrivé depuis longtemps. Elle n'avait même plus le courage de regarder la télé car mon père l'aurait traitée de fainéante, quant à lire, elle avait même oublié le dernier livre qu'elle avait lu. Elle reprenait de jour en jour des forces, j'avais demandé aux employés de ma maison de prendre soin d'elle et de m'appeler dès qu'ils la sentaient défaillir. Je n'étais pas tranquille lorsque je partais le matin au travail, j'avais peur qu'elle se laisse habiter par des idées noires et qu'elle finisse par regretter le fait de m'avoir suivie. Je demandais ainsi à ma sœur de venir quelques jours chez moi avec ses deux enfants afin de lui permettre de se changer les idées. Le mari de ma sœur qui était très compréhensif, car connaissant notre histoire, avait volontiers accepté de le faire. Malgré tout, je la surprenais souvent le regard dans le vide et je lui trouvais en ces instants une mine triste.

— Bats-toi mère, ne te laisse pas faire, ne laisse pas monter ces idées noires, relève-toi, libère-toi, force-toi à sourire, combats ces pensées funestes, redresse-toi, ne sombre pas, je te le conjure survis, immerge par cette noire nuit, délivre-toi, essayais-je de la convaincre un jour, lorsque je la surpris perdue dans ses pensées.

— Je suis triste.

— Pourquoi ? Tu n'es pas heureuse avec moi ?

— Je ne saurai le dire. Je devrais peut-être rentrer à la maison, je n'aurais pas dû abandonner ton père.

Il est vieux, tu sais, je ne sais pas s'il pourra s'occuper de lui.

— Il n'a que ce qu'il mérite maman, il n'a qu'à apprendre. Tu n'es pas sa bonne maman, tu es son épouse, il aurait dû te traiter avec amour et douceur. Tu vas te mettre maintenant à le plaindre comme s'il ne t'avait jamais fait souffrir ?

— Kadhi pourquoi toute cette haine ?

— C'est de sa faute. Il n'avait qu'à se comporter dignement, et il aurait vieilli entouré de ses enfants et petits-enfants. Je fume de l'intérieur moi, je n'atteindrai jamais cette vérité essentielle qui doit marquer la fin de notre voyage sur cette terre. Je le déteste.

— Tu as souffert, je te comprends.

— Non mère, je suis traumatisée.

— Il faut que tu lui pardonnes...

— Jamais !

Kacia Soupira.

— Tu dois te pardonner aussi si tu veux te reconstruire. Tu es malheureuse, je le sais même si tu veux nous faire croire le contraire. Tu vis toute seule, tu ne te laisses pas approcher par les hommes, tu dédies ta vie aux autres, tu passes tout ton temps à aider les personnes maltraitées, mais tu ne vas pas bien.

— Je n'ai pas besoin d'un homme dans ma vie. Et contrairement à ce que tu crois, je suis heureuse lorsque j'aide ces femmes. Je n'aurais pas dû attendre autant d'années avant de venir te chercher.

Tu n'es coupable de rien. Et puis je ne te crois pas, on a toutes besoin d'un homme dans notre vie, ne sois pas si renfermée. Perce un peu cette carapace qui te sert de bouclier et laisse-toi aimer. Ton ami Wali c'est quelqu'un de bien et il a l'air de vraiment tenir à toi.

— C'est juste un ami tu l'as dit. Je suis bien dans ma vie, rassure-toi. En plus, s'il te plaît maman ne me parle pas d'amour, tu vois très bien où cela t'a menée.

— Tu n'as pas le droit de dire ça ! De cette union sont nés de merveilleux enfants. Je ne regrette rien, tu m'entends, j'assume ce qui s'est passé dans ma vie. J'ai aussi mes responsabilités dans cette histoire. Mais Kadhi, tu dois savoir une chose, je ne regrette rien. Vous avez grandi et vous vous en sortez très bien, ceci est ma fierté. Ton père est ce qu'il est, ce n'est pas en nourrissant tellement de haine envers lui que tu le changeras. Tu creuses juste ta propre perte.

Sa tristesse lui brisa le cœur.

— Excuse-moi maman, je n'ai pas voulu dire cela. Mais, ne flanche pas mère. Tu sais, la souffrance lui, il ne la connaît pas. Cette colère qu'il provoque en moi, ce feu brûlant, lui, il l'ignore. Et tu sais, je ne te parle pas de cette petite lamelle de colère, légère, passagère, ou même meurtrière. Je te parle de la vraie colère. Celle qui te plonge dans un profond désarroi, qui te fait souffrir, celle qui te broie, qui te brûle de l'intérieur et qui t'empêche de respirer. Je te parle de celle-là. Ce qui est le plus grave, c'est qu'il n'a jamais voulu le comprendre. Ne me parle pas de pardon, ni de rédemption, ces mots ne font pas partie de mon vocabulaire. Il n'a jamais voulu admettre qu'il avait failli, reprit Kadhi.

— C'était intolérable pour lui, en plus, il a reçu la même éducation. Il a lui aussi subi des violences. Peut-être, était-il sûr que c'était le seul moyen de vous aimer et de vous rendre meilleurs.

— Et toi alors ?

— ...

— Tu vois ! Il n'y a pas d'explication, il ne savait juste pas nous aimer comme nous étions, avec nos défauts, nos imperfections, nos maladresses. Il nous a détruits, a piétiné notre estime, il nous a rabaissés plus bas que terre. Qu'est-ce qu'il voulait donc ? Il ne nous a jamais dit qu'il nous aimait, encore moins qu'il était fier de nous. C'était une horreur pour lui, même de nous faire plaisir en nous offrant des cadeaux. Non, on n'avait rien, sinon son mépris.

— Il aurait dû se libérer de son modèle. Je te concède qu'il a eu tort.

— C'est comme une trahison, et ça fait encore plus mal, lorsque ça vient de votre père. Que lui avons-nous fait maman ? Nous n'avons rien demandé. Nous étions des filles et alors ? Et toi ? Il t'a donné l'équivalent d'une main pour te reprendre l'équivalent de tout un corps.

— ...

Sa mère restait silencieuse. Lorsque Kadhi se mettait dans ces états, elle préférait ne rien dire. Elle la laissait juste se libérer. Elle avait toujours su que c'était important pour elle de parler, de crier, de laisser le volcan qui était en elle, entrer en éruption et se calmer plus tard, après avoir déversé sa lave au lieu de ne cracher que des panaches de cendres.

— Tu m'en veux ?

— T'en vouloir ? Pourquoi ma fille ?

— D'être revenue te chercher ?

— Oh chérie, jamais ! Je n'avais plus aucun espoir, je l'avais perdu depuis longtemps. Je m'étais résignée à cette vie. C'est comme si tu m'avais extirpée des flammes d'un enfer dans lequel, je me consumais à l'infini.

— L'enfer, c'est lui qui le mérite.

— Tu sais, il m'a aimée. Je me suis sentie aimée à une époque du moins. J'étais le centre de ses attentions. Je ne sais pas ce que j'ai bien pu dire ou faire, je ne sais pas ce qui s'est passé pour qu'on soit passés du meilleur au pire ?

— Tu n'as absolument rien fait maman. Tu ne dois pas te sentir coupable. S'il y a bien un fautif dans l'histoire c'est lui maman, personne d'autre. Tu m'entends ?

— Oui.

Mais je voyais qu'elle n'était pas convaincue, elle avait trop longtemps subi cette pratique rétrograde pour la faire changer d'avis. Il lui fallait du temps pour apprendre à vivre autrement.

* * *

Que de regrets, que de souffrance, que de peine, et une douleur diffuse qui m'empoignaient. Des envies de meurtre, d'effacer le vieil homme de ma vie et de mon existence, lorsque j'étais jeune.

« Mesdames, le temps des regrets est dépassé et même si les souvenirs remontent, souvenirs que l'on voudrait étouffer au fond d'un précipice, mais qui inexorablement montent et nous emplissent de douleur, des décisions radicales s'imposent. Ne plus laisser les autres nous infliger tant de mal et s'en sortir comme si de rien n'était. Et si le temps de la renaissance plus que des regrets avait pris place ? Tous les regards s'étaient posés sur moi... » Voilà trois mois que je venais ici et je n'avais jamais pris la parole. Face à la douleur de ces femmes, je me rendais compte que la mienne n'était rien comparée à ce qu'elle vivait au quotidien.

— Je m'appelle Kadhi et je suis une femme battue. Aussi longtemps que mes souvenirs remontent, mon père nous a toujours battus.

— Approche-toi Kadhi.

Ramata, la jeune femme qui dirigeait le groupe, m'insuffla ainsi l'énergie pour faire face à ce qui me faisait peur depuis le début : briser le silence.

J'aimerais lui faire mal autant que lui il a osé le faire. Je ne cesserai jamais d'être déçue, car je continue d'espérer de lui une attitude autre que celle qu'il a. J'ai voulu lâcher prise pour connaître des cieux insoupçonnés, j'ai demandé à mon cœur et à mon âme de déposer les armes afin de se laisser remplir de bien-être, mais aujourd'hui, je n'ai qu'une seule envie, c'est qu'il paye. Comment ? Je ne le sais pas. Je ne suis pas sa fille, il est juste mon géniteur, rien d'autre.

Je me tus un instant, me rendant au fur et à mesure compte que j'étais en train de mal parler de cet homme. Je n'avais jamais osé jusque-là faire état de mes sentiments et parler de la rancœur que je nourrissais à l'encontre de ce violent.

— Il nous faut refuser d'exhiber notre souffrance par pudeur ou même par refus de nous complaire dans cet état, avais-je poursuivi. J'ai compris aujourd'hui, je me suis réveillée. Tous les moyens sont bons pour combattre notre mal-être. Mesdames, vous avez l'impression que le bonheur est dépourvu de charme, que son goût est fade, que la mélancolie est beaucoup plus délectante et plus attirante. Le bonheur vous déséquilibre et vous ébranle. Dans vos regards se reflètent les mots : coupable ! Non ! Ramata, tu n'as rien demandé, pourquoi devrais-tu te sentir coupable ? Amoindrie ! Non Sauda, tu es une femme entière quoi qu'en disent certains. Triste ! Oui, tu es triste Pemba, mais tu devrais aussi savoir que tu es forte et que tu peux donc t'en sortir ! Déstructuration de la personnalité ! Dévalorisation de soi-même ! Aussi. La tradition ? Oui, mais lorsqu'elle est délictuelle et nous plonge dans un désarroi complet, cette tradition doit être endiguée, empêchée et dénoncée.

Elles s'étaient toutes mises à m'applaudir, ce qui me sortit de l'état de transe dans lequel j'étais plongée depuis que j'avais pris la parole.

Pour le vieil homme, on ne devait rien dire, on devait se taire, ne pas répondre sinon, il s'énervait.

Ma sœur était celle qui recevait le plus de coups. Comme s'il n'était pas son père, il s'acharnait contre elle, la battant à la moindre occasion, la rabaissant, l'humiliant à chaque fois qu'elle ouvrait la bouche. Elle avait fini par ne plus rien dire. Elle prenait rarement la parole, acquiesçait pour éviter de dire oui. Il n'y avait qu'avec moi qu'elle s'ouvrait et c'était parce que je ne lui laissais pas le choix. Je voulais qu'elle me parle, je savais que cela la soulageait. Je lui parlais du groupe de soutien. La première fois, elle en pleura, car elle pensait que si d'aventure son père en aurait vent, il me battrait à mort. Je la rassurai et lui dis que j'étais prête à courir le risque. Sa peur ne l'empêchait pourtant pas de me demander comment ces séances se passaient et comment étaient les autres femmes.

J'avais commencé à m'échapper et à aller les voir. Chaque dimanche elles venaient parler de l'enfer qu'elles vivaient et de leur désir de s'en échapper. Les premiers jours, je m'asseyais juste et j'écoutais ces femmes qui racontaient des histoires si horribles qu'on se demandait si cela pouvait réellement exister. Il y avait Pemba, Sauda et d'autres femmes, mais Ramata était celle qui m'avait le plus émue.

Son mari l'empêchait de dormir et après l'avoir battue, il l'obligeait à se dévêtir devant ses enfants afin qu'ils voient ce qu'il infligeait à leur mère. Elle disait qu'elle avait eu tellement peur de lui qu'elle n'en dormait pas. Grâce à cette association, elle avait retrouvé le goût de vivre. Elle vivait maintenant toute seule avec ses trois enfants, dans une maison qu'elle avait choisie elle-même. Plus personne ne lui criait dessus ou lui donnait envie de se cacher pour ne pas recevoir de coups. Elle ne s'était jamais aussi bien sentie. Elle vivait une vraie renaissance. Et même si son mari continuait à la harceler, elle gardait le dessus.

Grâce à elles, je commençais petit à petit à ne plus avoir peur, je sentais aussi la culpabilité me quittait de jour en jour. Parler me faisait du bien, mais surtout, j'avais l'impression, et même si c'était triste, que je ne fusse pas la seule à vivre un enfer chez moi. La seule différence était que ces femmes avaient brisé les chaînes de la violence, alors que moi, je vivais toujours chez le mari violent de ma mère, ce mari humiliant, froid, qui manquait terriblement de compassion et qui avait toujours considéré qu'il agissait bien. Je reprenais ainsi confiance en moi et osais révéler ma personnalité.

Je revivais avec ces femmes.

Je pouvais avec elles, parler de ce que je ressentais sans me sentir faible ou même coupable.

Pemba, elle, avait été mariée de force à un vieil ami de son père. Pour l'argent, ses parents avaient accepté. Le vieil homme était en effet un riche commerçant, mais tout le monde savait qu'il était violent avec les femmes qui étaient passées dans son foyer. Son enfer commença le jour même de son mariage où il la battît puisqu'elle ne voulait pas avoir de rapports sexuels avec lui.

« Il me dégoûtait. Il était vieux et moche et il puait en plus, dira- t-elle. »

Ils avaient vécu pendant plusieurs mois dans la maison familiale, mais elle ne le voyait jamais, il était tout le temps en train de courir les filles, les restaurants ou les bars. C'est ainsi qu'un jour revenu de ses escapades nocturnes, il lui avait claqué la tête contre le mur, ce qui lui avait valu un coma artificiel et elle fut hospitalisée pendant plusieurs mois. Il ne s'excusa pas malgré tout, il n'avait aucune pitié. Le pire, elle le vivra lorsqu'ils déménagèrent. Il commença à ramener des femmes chez eux et elle ne devait rien dire si elle ne voulait pas être battue à leur départ. Ainsi, elle était même obligée de leur servir à boire, ce qui était l'ultime humiliation pour elle. Et si elle avait le malheur de se plaindre, il la mettait dehors en pleine nuit. Il n'hésitait pas, en plus de torturer le petit enfant qu'elle avait eu de lui. Il le mordait ou le pinçait jusqu'à ce que le gamin hurle de douleur.

« Je me sentais paralysée, j'avais l'impression que toutes les portes étaient fermées, furent ses mots ». Et lorsqu'on lui demandait pourquoi elle n'était pas partie dès le début, elle répondait, qu'elle ne savait pas qu'elle pouvait en parler ou chercher à se faire aider.

Toutes ces femmes avaient fini par comprendre qu'il fallait qu'elles en parlent, pour se soulager, mais aussi, pour noyer leur douleur à l'encre des mots. Elles nous faisaient ainsi comprendre le quotidien de violence, de terreur, de douleur, mais aussi d'humiliation qu'elles avaient vécue, pour que ceux qui en doutaient puissent entendre leur vie de misère. Elles étaient les seules à pouvoir aborder ce quotidien qu'elles avaient subi. Cette violence, cette douleur, cette terreur ou cette humiliation, elles l'avaient vécue, elles l'avaient supportée, mais elles y avaient échappé.

Ce qu'avaient vécu ces femmes était indicible, et je savais que ma mère avait vécu les mêmes sévices, mais elle n'avait jamais osé partir. Pour nous, elle était restée. Alors à ma tristesse, se rajoutait souvent la culpabilité. Si elle était restée, c'était surtout à cause de moi.

Sala était partie très tôt de la maison, et elle savait que si elle me laissait avec le vieil homme, il aurait fini par me tuer.

Mon petit frère n'avait jamais souffert de ces troubles.

C'était l'enfant roi : abondance matérielle, grande permissivité. Il avait tout, il ne faisait rien. Pourtant, s'il aurait pu abuser de cette facilité et de ce plaisir, il n'en fît rien. J'avais été une seconde mère pour lui, il se cachait souvent pour venir me voir lorsque pour une énième fois, et pour une raison que j'ignorais souvent, le vieil homme me rouait de coups. Il aurait pu devenir un enfant tyran, croire que ce que son père nous infligeait était dans l'ordre naturel des choses, mais il avait hérité de la douceur de caractère de ma mère. Il était très proche de nous et même lorsque le vieil homme me mît dehors, il venait souvent me voir chez Gérard. On passait beaucoup de temps ensemble. On ne parlait jamais de la violence, mais j'essayais de lui faire comprendre de temps à autre qu'il devait prendre soin de maman.

Aujourd'hui encore, il est souvent chez moi, mais dès la fin de ses études secondaires, il avait voulu quitter la maison. Ce que je comprends, cette violence dans laquelle nous avions vécu, on s'était tous résolus à la quitter dès que nous avions pu. Et même s'il ne m'avait pas laissée le choix, même s'il m'avait mise dehors sans me demander mon avis, je le remercie aujourd'hui. Je revivais : loin de lui, loin de ses yeux qui étaient capables de me clouer sur place, loin de sa voix qui me foutait les jetons, loin de ses mains qui m'avaient infligée les plus grandes souffrances, loin de ses dents graveleuses. Lorsqu'il serrait la mâchoire d'une certaine façon, je savais que c'était signe de danger imminent.

* * *

Les liens qui m'unissaient à ces femmes étaient très forts, nous ressentions les mêmes douleurs, nous étions face aux mêmes incompréhensions, donc nous pouvions nous comprendre et nous soutenir. Je n'avais jamais été une grande bavarde, je suis toujours restée loin du monde qui m'entourait, mais avec elles, j'arrivais à m'exprimer.

À l'école j'étais seule, au collège j'étais seule et au lycée j'étais encore seule. J'étais jugée par mes camarades comme froide, instable et trop sombre. Le vieil homme n'avait pas voulu que je poursuive mes études au-delà des frontières. Il voulait m'avoir à l'œil, il n'avait jamais eu confiance en moi.

Je me sentis encore plus seule, lorsqu'après avoir revu un de ses amis d'enfance, il décida d'accorder la main de Sala au fils de ce dernier.

Elle n'avait pas eu le choix, le promis avait fait ses études en Europe, il y travaillait et après le mariage, Sala devait repartir avec lui. Elle devait donc se préparer.

Pourquoi avoir choisi Sala ? Il parait que j'étais bien trop dure et bien trop peu féminine. Le vieil homme était persuadé que je serais revenue au bout de quelque temps. D'ailleurs, je n'aurai jamais de mari, me dit-il. Aucun homme ne voudrait d'une femme aussi sournoise et aussi têtue que moi. Je comprenais par là, une femme intelligente et fière.

Ce serait donc Sala, belle, grande avec un regard clair, apeurée, mais surtout douce. Cette timidité qu'elle affichait et qui avait été le résultat de la peur que son père lui infligeait, donnait envie de la protéger. C'est ce que fît son mari. Brahim se révéla d'une telle

gentillesse
que lorsque je le rencontrai, je n'eus plus peur pour
ma sœur. Je m'inquiétais pour elle, parce que je ne
savais pas sur qui elle allait tomber. L'horreur aurait été
poussée à son comble si elle avait été mariée à un homme
aussi violent que son père, mais ce ne fut pas le cas.

Comme s'il avait perçu le malaise et la violence dans
lesquels on avait été élevé, il se révéla d'une tendresse
implacable. Il lui avait apporté du réconfort et il avait
pansé ses blessures.

Lorsque je le voyais au début, j'étais dure avec lui, je
ne me laissais jamais aller à des sourires ni à des
conversations, mais il avait su être persévérant et il
avait su dompter la sauvageonne que j'étais. Je me
disais qu'il y avait un vice caché. Aujourd'hui, lorsqu'on
en reparle, on en rit. C'est un frère pour moi. Il prend
soin de ma sœur et c'est la lumière dans ses yeux qui
nous en convainc.

Elle avait retrouvé le sourire, elle avait des enfants
merveilleux. Souvent, elle m'assure que je devrai me
laisser aimer, parce que tous les hommes ne sont pas
comme le vieil homme qui nous sert de père. Mais j'en
suis incapable, les hommes me font peur, je suis même
incapable de construire un début de relation avec eux.
Je les tiens à distance de ma vie. Lorsque je rencontre un
homme, j'en ai des crises d'angoisse, la panique
m'envahit et cela devient ingérable. Je ne pense qu'à
une seule c'est de fuir loin de cet endroit. Mes relations
avec le sexe opposé se terminent avant même d'avoir
commencé. Rien à faire, je n'arrive pas à me laisser
approcher par un homme. Je m'interdis d'avoir une vie
sentimentale pour éviter de tomber dans le même enfer
dans lequel ma mère a vu sa jeunesse se consumer.

Le seul que je vois de temps en temps, c'est Wali,

je sais qu'il espère plus de notre relation, je sais qu'il connaît mes peurs et tente de les braver avec moi, mais je ne le laisse pas faire.

On s'était rencontrés au cours d'un de ces nombreux congrès où je me rends. Il fait partie de ces hommes qui ont décidé de se battre pour la cause féminine. Il est très patient et communicatif et il a fini par acquérir ma confiance. Mais, je ne le crois pas lorsqu'il me dit que je n'aurai réellement bien vécu que lorsque j'aurai aimé. L'amour, c'est ce qui avait perdu ma mère, c'est ce qui l'avait précipité dans cet enfer, pourquoi devrais-je essayer ?

Oui ma sœur a rencontré quelqu'un de bien, mais qui peut m'assurer que je ne reproduirai pas le même schéma que celui de ma mère.

Qui peut me l'assurer ?

Le vieil homme nous avait plongés dans l'ombre la plus totale et j'avais une image négative des hommes en général.

Même lorsque Wali m'affirme que mon sourire vaut mille rêveries au coucher du soleil et l'éclat de mes yeux, mille délices à l'aube boréale, j'ai du mal à y croire.

Je préfère courir le monde, comme dit souvent ma mère. Je suis heureuse dans ma vie parce que j'aide les femmes à regagner leur dignité. Depuis que j'ai fini mes études, je n'ai plus de temps libre. Je me suis consacrée entièrement à la cause féminine. C'est tellement bien de se sortir de ce calvaire que j'ai envie que toutes les femmes s'en sortent et qu'elles aient une vie meilleure. Je me bats à leurs côtés, elles m'apportent autant que je peux leur apporter. Je les aide à briser les chaînes de la violence. Et je ne compte pas m'arrêter, ce sera une lutte éternelle. Je suis convaincue que là où des combats sont menés et que des femmes se soulèvent pour s'insurger, les violences reculent et les femmes se réhabilitent. Je me bats pour la liberté de ces femmes quitte à y laisser ma vie, l'oppression que ces femmes vivent doit cesser et je les aide à y parvenir. J'ai dû travailler deux fois plus que les hommes pour légitimer ma position et pour me rendre digne d'être la voix de ces millions de femmes qui souffrent à travers le monde, mais j'y suis arrivée aujourd'hui.

L'amour ?

Ce sera pour plus tard, je n'y pense pas pour le moment, il y a des choses plus essentielles dans la vie à mon avis. Libérer une femme des mains de son bourreau me semble être la priorité. Peut-être que j'aurai des regrets plus tard, mais pour le moment, je suis heureuse dans ce combat que je mène, c'est pour cela que je ne me pose pas de questions.

Je suis une super tata, c'est du moins ce que mes neveux m'assurent. J'aime m'occuper des enfants de ma sœur et de mon frère, mais je ne me vois pas avoir des enfants. C'est facile d'en avoir de nos jours, mais c'est plus difficile de s'en occuper et de les protéger. Pour avoir des enfants, il faut être bien dans sa tête et dans son cœur, ce qui n'est pas pour le moment mon cas. Je ne suis pas guérie, mais j'ai parcouru un long chemin et je sais que je peux aider. Ma plus grande réussite aura été d'avoir à nouveau ma mère à mes côtés. Au nom de la tradition, elle a souffert et n'a pas pu résister à son bourreau, pour moi je dois le faire pour elle et pour toutes celles qui sont mortes sous les coups de leurs compagnons et qui n'ont pu faire face. Partout où des batailles ont été remportées, il y a eu des femmes qui se sont sacrifiées, qui ont renoncé à une vie stable, à un foyer sans heurt à l'abri des champs de bataille, pour libérer celles qui sont en souffrance.

J'assume ce choix, celui de donner un tel sens à mon existence. Beaucoup ne me comprennent pas, mais ce n'est pas cela le plus important, je comprends ma lutte, je ne nourris aucune crainte quant à mes chances de réussite, alors je ne me ménage pas. Lorsqu'on a connu les pires souffrances comme les miennes, lorsqu'on a flirté avec le vide et pensé à la mort à plusieurs reprises et qu'on s'en sort, on ne veut qu'une seule chose, c'est aller au secours des malheureux et leur tendre la main.

Le jour où le vieil homme m'a mise à la porte, j'ai décidé de ne pas juste être la voix de ces femmes, je voulais être plus que ça. Je voulais les emmener à ne plus se soumettre à cette violence. Finalement, le vieil homme m'a sauvée alors qu'il pensait que je serais perdue sans lui. J'ai compris que pour s'en sortir, il faut cesser d'arborer une position stérile. Personne ne peut lutter à notre place, ma mère avait renoncé à la lutte, ce qu'elle n'aurait jamais dû faire. On ne peut pas rester, on ne doit pas rester juste pour préserver l'apparence d'une famille unie. Elle devait se prendre en main conquérir sa liberté perdue. Elle devait être actrice de ce qui se passait dans son existence, car la vie qu'elle menait était loin d'être un spectacle ravissant. Mieux vaut deux foyers heureux qu'un foyer malheureux. Il faut savoir partir à temps.

La violence contre les femmes augmente de plus en plus. Il faut donc parler, se lever, se battre, pour que cela n'arrive plus. À travers les luttes qu'on mène, on essaie de sensibiliser l'opinion publique. Il ne s'agit plus de crier en silence, nos voix doivent se faire entendre. Et ce sont celles qui ont vécu cela qui peuvent en parler et convaincre celles qui vivent encore cette souffrance. Le but est de renforcer la place des femmes et de leur rendre leurs droits spoliés par cette société où on n'a pas le droit de parler des violences subies. Un silence encouragé par les hommes, et un sexisme ambiant encourage ces pratiques. Elles ne prennent jamais la parole, parce que ces hommes jettent l'opprobre sur celles qui osent le faire, ce qui accentue leur culpabilité. Devant une société qui érige une telle barrière, face à des hommes dépourvus d'oreilles et de soutien, elles se taisent et finissent par se résoudre à endurer ce calvaire jusqu'à la fin de leur vie.

Par nos actions, on tente de leur donner des réponses. De nos jours, le viol et la violence conjugale représentent un risque plus grand pour une femme de 15 à 44 ans, que le cancer, les accidents de la route, la guerre et le paludisme réunis, c'est cela la triste réalité. Silence on tue, aurait-on envie de dire. On leur apprend à redevenir maîtresses de leur destin et à ne pas nourrir de crainte face à l'avenir. On les exhorte à ne plus se taire, à briser les chaînes de la violence et à dénoncer les auteurs de ces crimes. Ce n'est pas une situation normale et elles doivent se rebeller. Il n'y a aucune honte à avoir, ces hommes sont lâches, il faut les dénoncer. Elles n'ont pas non plus à se sentir coupables. Il n'est pas difficile de reconstruire une vie, parce qu'elles ont la même force qu'avant et elles doivent s'en servir à leur avantage.

On ne peut faire que ça, on les aide, on les épaule, mais on n'agit pas à leur place. Pour réussir à se reconstruire, elles doivent recouvrer confiance en elles et être persuadées qu'elles valent plus que ce qu'on leur a imposé. Elles doivent dessiner les lignes d'une nouvelle vie et surtout en être fières.

La situation des femmes n'a pas l'air d'évoluer, elles restent marginalisées, mais nous continuons partout dans le monde le combat. C'est cela le plus important, nous nous rapprochons un peu plus de la victoire à chaque fois qu'une victime décide de ne plus subir de violence. À chaque fois qu'on en extirpe une du joug de son bourreau et que nous lui rendons sa dignité, un pas est fait.

— Je trouve que c'est très noble de ta part, la coupa Driss. J'imagine que ça ne doit pas être facile tous les jours, mais je suis sûr que les tiens doivent être fiers de toi. Tu ne t'es pas laissée habiter par la peine, tu t'es relevée et tu tends maintenant aux autres femmes la main pour les aider à se relever.

— Tu offres un autre visage à ton combat, confirma Lamine. Beaucoup ignorent ce que tu as pu traverser, et je trouve aussi que c'est bien que tu veuilles partager ce bonheur avec les autres femmes.

— Je veux juste qu'elles sachent qu'il existe une autre façon de vivre et que la vie est plus douce qu'elles ne le pensent, leur répondit Kadhi. C'est pour cela que je proteste aux côtés des autres femmes du monde.

— Je n'ai jamais compris pourquoi elles ne partaient pas, lui demanda Driss ?

J'ai compris avec le temps qu'elles ne partent pas parce que même si elles sont malheureuses comme des bêtes blessées, et que l'espoir d'une vie meilleure s'éloigne de jour en jour, elles ne sont pas assez fortes pour se l'avouer. D'autres restent parce qu'au fond d'elles, une lueur d'espoir subsiste, celle de se voir aimer à nouveau un jour, celle de voir leur époux redevenir les hommes doux qu'ils étaient avant de basculer dans cette spirale de la violence...

— ... ou elles refusent de se rendre à l'évidence et préfèrent se contenter des miettes qu'elles reçoivent, continua Lamine. Ma grande sœur a vécu cet enfer,

— elle n'a jamais rien voulu dire de peur de décevoir notre père. Elle n'avait pas non plus fait de grandes études ni cherché à travailler. Son mari l'avait placée dans une telle situation de dépendance qu'elle ne savait pas comment se débrouiller toute seule. Même quand je lui proposais mon aide, elle le refusait. Cela aurait été pour elle, reconnaître son échec. Elle est morte aujourd'hui, de chagrin sûrement. J'aurais aimé que tu la rencontres Kadhi, et que tu lui prouves que si d'autres femmes s'en sont sorties, elle aussi aurait pu le faire. On a tout essayé, mais elle était amoureuse de son bourreau et refusait de le quitter sous prétexte qu'elle aurait été perdue sans lui. J'aurais réellement aimé qu'elle rencontre des femmes comme toi, car au fond, je sais qu'elle aimait la douceur, qu'elle aimait les moments de complicité et qu'elle n'aimait pas se faire cogner. Non je suis convaincu qu'elle n'était pas maso ma sœur, conclut Lamine. Et ton père ? Tu l'as revu ?

— Je suis désolée pour toi. Mon père, je ne l'ai plus jamais revu. Il a eu une nouvelle épouse, plus jeûne que ma mère bien sûr et il ne semble pas se remettre en cause.

— Elle le sait ta mère ?

— Oui, elle se reconstruit, et elle a l'air d'être heureuse et plus apaisée. Elle parle de lui de temps à autre, mais elle n'a plus le regard triste, dit-elle avec un grand sourire. Je me rends à Paris parce qu'on m'a décernée un prix pour la lutte menée contre les violences faites aux femmes. Je ne m'y attendais pas. C'est un aboutissement, la récompense de toutes ces années de lutte, mais je sais que le chemin est long et que la lutte n'est pas encore finie. Les défis sont encore nombreux et les obstacles durs à surmonter.

— Tu es une fierté, lui affirma Driss, ne baisse jamais les bras. Je suis accablé par ce que tu viens de raconter.

— Je ne me réjouis pas d'avoir juste remporté une bataille, je sais que je dois lutter pour rendre la victoire des plus belles, et ce qui la rendrait belle serait qu'il n'y ait plus de femmes opprimées dans le monde. On en est encore loin.

Et toi alors, tu vas nous dire qui est cette femme qui te renvoie à tes quinze ans lorsque tu en parles ?

Bien sûr, elle s'appelle Marie, dit-il dans un grand sourire. Ma raison de vivre...

Troisième partie

La mélancolie du sablier

1

Les écrivains romantiques s'intéressaient beaucoup aux rêves. Peut-être du fait qu'ils nous transcendent et subliment nos sentiments. Ils ont cette capacité à métamorphoser notre vision acerbe que l'on se fait de ce monde, rêves apaisants ou songes tumultueux, ils sondent notre âme et y font poindre ce qu'il y a de mieux caché.

Faudrait-il donc se laisser aller, oser rêver, car les chimères émancipent l'âme ? Rompus par les affres du temps, ils se dégagent du corps, alors que l'esprit se laisse aller dans les bras de Morphée.

Le temps d'une nuit, notre noyau se libère de toutes ces contraintes avilissantes. Il se libère de la matière et parcourt la surface de notre être et son immensité. Que de rêves vécus dans la souffrance, dans la lutte pour y échapper, mais aussi que de rêves source d'évasion et de bien-être. Le temps d'un repos, une nouvelle chance est offerte, l'avenir s'éclaircit, un sourire se dessine. Rien de mieux que de voir dans un monde onirique l'être aimé et vivre cet amour sans contrainte et avec démesure.

On se réveille et on se met à la quête de ce moment vécu. Plus qu'un idéal, loin d'être une utopie on y croit, on se donne, on veut que se réalisent ces instants qui étaient tellement à notre portée. Et que dire de ces rêves, qui épurent l'âme et la mènent jusqu'aux sphères divines ou jusqu'au bout du monde, ils sont emplis de soupir, de liberté, de légèreté et de bien-être jamais atteint.

Durant l'extase, le corps devient insensible, se détache, s'éloigne imperceptiblement de ce monde dont il n'est plus. On sursaute, on tremble, on est confus, ce que nous avons vécu nous laisse perplexe ou nous trouble au plus profond de nous. Des questions se soulèvent, la lumière se fait, l'espoir renaît, les rêves se dissipent au loin, et laissent une traînée presque magique.

Au réveil, leur souvenir est souvent pesant presque lacunaire, parfois inexistant, mais une seule hâte, celle que la terre vire du côté obscur, que les oiseaux se taisent, que la mer se calme et que le vent s'apaise pour encore goûter avec délectation à ces moments subliminaux.

Je n'ai jamais cru à ce pouvoir que l'on conférait aux errances de l'imagination et pourtant, j'ai toujours conçu ma vie de la plus belle des manières. Je n'ai jamais eu non plus l'habitude de voir la vie en rose, mais elle l'a été. Elle me souriait ou plutôt je lui souriais.

J'ignorais que ce rêve prendrait bientôt fin et qu'il fallait me résoudre, accepter l'évidence et me dire que malgré tout, ma vie aura été somme toute belle et pleine de fantaisies, car la mort je l'ai frôlée, j'ai dangereusement flirté avec elle, j'ai senti son souffle caressé mon visage.

Je suis croyant même si je n'ai pas toujours été dans la pratique assidue de ma religion, mais je crois à la résurrection, à la reddition des comptes, à la rétribution des actes accomplis.

Je menais intensément et avec outrance mon existence, tel un monarque auquel rien n'était interdit, surtout pas les plaisirs d'une vie terriblement libertine.

Oui j'allais mourir, que dis-je, j'étais mort, j'ai vu la lumière blanche et tout le tralala, croyez-moi. Et le pire c'est que j'ai senti la mort rôder tout autour de moi. J'ai perçu le danger, j'ai eu le sentiment qu'une fin était proche, mais pas la mienne.

Il y avait cette atmosphère létale qui planait, on aurait dit des nuages qui se regroupaient pour laisser plus tard l'orage éclater, le dernier de ma vie. C'était oppressant et dense. Je ne m'étais jamais senti aussi heureux, je savourais chaque moment que je passais. Je voulais faire des choses que je n'avais jamais faites. Comme si j'avais eu une prémonition, j'avais pris des jours de congés, ce que je n'avais pas fait depuis des années. Peu de temps avant ce jour, j'avais alors voulu me consacrer à moi-même, écouter ce que me disait mon « moi intérieur », prendre soin de ma petite existence comme jamais et surtout faire ce que je n'avais eu le temps de faire étant pris dans ce fol engrenage.

J'avais donc écrit une liste :

- Je devais aller me recueillir sur la tombe de mes parents.
- Sauter en parachute.
- Faire de la plongée.
- Du saut à l'élastique, j'avais toujours repoussé la date.
- Revoir les amis que j'avais perdus de vue. Mais surtout, demander pardon à ceux que j'ai vexés, ils me manquent tellement.
- Marie : un seul mot, un seul prénom. Celle que je n'ai jamais pu oublier. Mon unique regret. La femme de ma vie.

Marie justement, j'entends encore ses reproches, j'étais jeune et un peu idiot, je l'avoue. Bel homme, je pensais que je pouvais arrêter la descente du ciel rien qu'avec un battement de cils. J'entendais doucement, doucement ses reproches puis le silence s'élevait au gré du vent jusqu'à remplir cet espace qu'était ma vie. J'étais parti loin afin de m'éloigner d'elle, et de cette idée qu'elle se faisait de l'amour : être à deux, vivre intensément à deux pour mourir à deux. Les échos de ses reproches m'avaient poursuivi et me poursuivent encore. Elle est restée dans mes pensées même si je n'ai pas voulu de son amour, et de ce qu'elle m'offrait. Elle voulait juste m'aimer, mais ma raison s'y opposait.

Je me retrouvais seul sur la route, un air de liberté m'effleurait, mais je ne saisissais ni joie ni peine qui me traversaient. Aurait-elle été donc, celle qui donnait un sens à ma pauvre existence, m'étais-je demandé ? Avais-je eu tort, de lui tourner le dos alors qu'elle ne réclamait et ne guettait qu'un geste de ma part ?

Je n'étais pas ce qu'on pouvait appeler un romantique, mais avec elle, j'avais tout essayé afin d'être à la hauteur, enfin pendant les deux premières semaines, car étant de nature à me lasser assez vite, à la troisième semaine, je commençais déjà à penser à ma prochaine conquête. L'ivresse de la chasse, l'adrénaline qui monte au moment de la capture, ce feu qui te prend, et te brûle, c'est ça qui me faisait vivre.

Bientôt, il ne resta du feu qui nous brûlait, que des cendres. Nos silences remplacèrent nos moments de folies. Nos rires à gorges déployées se turent, sa tête qu'elle rejetait en arrière à chaque fois que je la faisais rire, ses doux yeux qu'elle plissait et cette fossette qui se dévoilait, et qui la rendait la plus belle à mes yeux se firent de plus en plus rares. Je baissai bientôt la tête quand elle voulut se noyer dans mes yeux, nos effusions furent suppléées par des effleurements. Dès lors, tout se mua en remontrances.

Ma dame de cœur, que voulait-elle ? C'était la triste réalité, l'amour vrai n'existait pas pour moi en ce temps-là, celui qui te tient éveillé toute la nuit à regarder la femme de ta vie dormir, celui qui te dote d'une telle force que plus rien ne te résiste, celui qui t'emplit d'une joie de vivre inénarrable. C'est une illusion qu'elle croyait aimer. J'avais voulu répondre à ses attentes, mais déjà les caprices du vent m'appelaient ailleurs. Avais-je abusé d'elle ? Non, je n'avais jamais rien promis. Ce n'était que pour un temps : le temps de fumer une gitane à ma fenêtre, le temps d'être suspendu, le temps où l'on s'est côtoyés et où elle s'est acclimatée à cette nébuleuse.

— Pauvre idiot, lui dit Lamine en le coupant.

— Idiot oui, pauvre non, répondit simplement Driss, avant de continuer.

La providence venait de m'enrichir d'une nouvelle expérience. Bon, que je vous la décrive, elle était belle ma Marie ; oui, comme elle était belle ma métisse aux yeux pailletés d'or et à la chute de rein vertigineuse. Son visage était presque trop bien dessiné, même si elle avait ce nez qui lui rappelait ses origines africaines, et cette bouche, cette esquisse divine qui me poussa des nuits entières à sa réminiscence, tel un fruit mûr invitant à venir s'y délecter. Mais Marie, avait un défaut, elle avait un point commun avec les autres filles, elle attendait de moi bien plus que je ne pouvais lui offrir. Marie avait un autre défaut, elle était ombrageuse, comme toutes les filles, elle pensait que je lui appartenais et que je devais signer un pacte de fidélité. Et Marie avait un plus vilain défaut... elle m'aimait.

Les souvenirs, c'est ce qu'on a le plus de mal à se défaire. Dans la solitude, ils deviennent omniprésents et même très oppressants. À quoi bon se rappeler si la personne qui occupe nos pensées n'est pas là pour revivre ces moments ? Alors pourquoi, je devais me remémorer de son visage, de ses effluves, de ses baisers, de son corps aussi doux que de la soie ? Elle partit un mois au Sénégal, mais tenait à ce que je me souvienne. Elle aspirait à habiter mon cœur et mon âme, que son image m'accompagne et me guide. J'allai avec elle à l'aéroport, jusqu'à ce que je ne la vis plus et me sentis soudain pénétré d'un sentiment de liberté et d'ivresse. Un mois pour jouir des plaisirs de la vie, sans me poser de questions, sans limites, mes pulsions pouvant refaire surface sans honte.

Mais elle revint plus tôt que prévu et me trouva dans les bras d'une autre nymphe, pas plus belle qu'elle, mais plus frivole, celle-ci pensant déjà à la rupture. Et Marie avait un autre défaut... Marie criait fort, quand elle se mettait en colère, ses crises faisaient que les anges se cachaient derrière le trône de Dieu. Comprenez-moi, j'étais jeune et donc idiot, je vous le redis, j'étais un gentleman célibataire dans ma tête et me sentais élu par la main de Dieu pour procurer du plaisir à ces dames.

— Oui, idiot, en fait, tu avais raison Lamine.

Est-ce que j'ai senti le vide se faire en moi et la vie me quitter un peu plus progressivement ? Oui ! Tous les jours, le sol se dérobait lentement et m'ensevelissait à une vitesse folle. Je me rends compte aujourd'hui que je n'ai rien fait de mon existence, de mes jours et de mes nuits. Je me suis repu des plaisirs éphémères de la vie et voici venu le temps des repentirs, l'homélie est dite. Quoi que je fasse, je ne survivrai pas, quoi que je dise, mon âme est condamnée. La délivrance se liquéfie et la déliquescence se dessine de jour en jour. Je n'ai plus qu'à me résigner. Elle partit et je ne la revis plus jamais. Elle, qui nous aimait pour deux. Elle avait eu cette déraison de vouloir être cette portion de terre où je pourrai me réfugier dans mes moments de doutes et de démence. Pauvre Marie qui a dû supporter mes errances, ma nature lunatique, le ton acerbe que j'employais de temps à autre, les répliques blessantes que je lui assénais pour me faire détester. Elle avait tenu trois ans, trois longues années à mes côtés, elle avait eu de moi ce que personne d'autre avant elle n'avait jamais su me prendre. Mais ma tendresse faiblissait de jour en jour, la débauche prenant le pas sur mes bonnes résolutions. Lasse de ne pas pouvoir me ramener à ce bout de paradis qu'elle était pour moi, elle renonça. J'étais perdu à cette époque, elle ne pouvait rien faire pour moi, elle ne pouvait me tirer de ces ténèbres et me faire communier avec la lumière.

Pauvre Marie !

Lorsqu'elle partît, je folâtrai un peu partout, reprenant mes habitudes, bien décidé à ne plus jamais m'enfermer dans une relation comme la nôtre : les sorties à deux, les balades au bord de la Sarthe, les nuits passées à refaire le monde, non ce n'était décidément pas pour moi. Je voulais vivre intensément chaque minute et chaque seconde, mais je ne voulais pas de projet. Je ne voulais pas de ce toi et moi se muant en nous, regarder tous les deux dans la même direction, non je n'étais pas fait pour cette façon de vivre. J'avais le choix entre m'engager c'est-à-dire : m'enchaîner, regarder dans la même direction qu'elle, rester fidèle, m'attacher, renoncer à partir, être comme dans une cage, m'éteindre peu à peu, voir le temps s'atrophier, les sentiments s'envoler, la routine s'installer, toute forme de liberté me quitter, faire face au doute, me persuader de son amour, me convaincre de son importance et nous chercher comme deux âmes perdues. Ou encore, m'engager ce qui reviendrait à tenir sa main, à chercher son regard dans la foule, à penser à deux, à l'aimer plus que moi-même, à me fondre en elle, la compléter, traverser avec elle les dédales du destin et à être son miroir. Ses départs qui deviendraient dès lors déchirants et sa présence plus que nécessaire. Dans un sens ou dans un autre, je ne choisis aucun des deux, je ne me voyais dans aucune des deux définitions, je préférais partir loin même si un signal rouge s'était enclenché dans ma tête lorsqu'elle me quitta.

Mais, Dieu sait que j'ai aimé...Enfin, à ma façon, je les ai toutes aimées. J'ai aimé plus que de raison même. J'ai aimé terriblement, mais souvent tragiquement. Je me suis donné...Enfin presque. J'ai vécu chaque relation comme un oiseau en quête de pitance. J'ai désiré comme personne, j'ai distillé de l'amour un peu partout. J'ai fait jouir et j'ai joui. Elles ont été nombreuses, mais je les ai aimées chacune de façon spécifique, les unes avec un amour d'homme enfant, un regard d'admiration et un brin de malice... Les autres comme un amant dévoué, acquis, exquis, aguicheur, presque soumis... Les dernières d'un amour tendre, pur, sûr et sans rupture.

Chacune dans son entièreté m'a apporté quelque chose. Je ne regrette rien. Néanmoins, comme souvent l'amour s'en allant, laisse la tendresse, puis la désillusion voire même la souffrance la place, il y a eu des ruptures, des déchirures, des querelles, des guerres de sentiments, des luttes sans fin, des folles, des dures, des romantiques… Et il y a eu Marie.

Chaque amour ayant été vécu avec passion et rage, avec ténacité, sensibilité et renoncement de soi, j'ai laissé une part de moi-même à chaque fois, une part de mon âme accompagnant chacun des êtres aimés.

J'ai alors, souvent eu des remords, mais j'avais été si vivant pendant ce laps de temps, ces instants volés à l'univers, que déjà je me lançais encore dans une nouvelle aventure. Le deuil ? Non, un amour ne meurt jamais, alors pourquoi vouloir faire son deuil ?

Ne jamais s'arrêter.

C'était si doux d'aimer et de l'être en retour.

Tellement vivant !

C'était devenu plus qu'une passion, mais une nécessité. Non, je n'étais pas nymphomane. J'avais ce besoin d'aimer, mais ne jamais s'attacher, être libre de pouvoir partir et de ne jamais revenir, être libre de ne même pas dire au revoir. Qui a dit qu'on était obligé de faire des adieux ? Je voulais repartir pour un autre tour dans les étoiles, encore une fois, me balancer au rythme des promenades que j'abhorrais, mais que je leur concédais, des échanges, des regards complices, flotter à nouveau sur mon nuage, tenant la main de mon ange, voguant ensemble vers des lendemains meilleurs. J'ai vécu, j'ai donc vibré sous cette mélodie, j'ai dansé sur cet air.

Vivre et me perdre...

Que de frissons !

* * *

Je passais, ainsi d'une fille à une autre sans regretter la précédente, sans me poser de questions, butinant l'une en pensant à la prochaine. Je refusais à mon esprit toute tentative d'introspection, à quoi bon, je n'avais pas le temps pour l'apitoiement. J'étais trop pressé de jouir de l'infime plaisir que je pouvais tirer de la prochaine conquête. Attention en tout bien tout honneur, j'entends. Je n'étais pas un salaud. Je ne laissais simplement pas le regret me gagner, car les regrets laissent un goût amer à la bouche alors que le désir et l'amour ont une tout autre saveur, plus délectable, plus aromatisée.

Je fus comme Laurence de Zola vous savez, cette jeune fille, perdue à tout jamais et qu'un jeune homme avait tenté en vain de sauver des griffes de la vie. Étrangement, je me trouvais des points communs avec elle qui ne détenait en elle rien de positif, mais que Claude avait tenté de remettre sur le droit chemin. C'était certainement aussi l'erreur de Marie, celle de vouloir m'amener vers ce qu'elle considérait comme étant sain. Au fond, je lui en voulais, pourquoi avait-elle tenté de me changer, de me rendre meilleur que je ne pouvais l'être ?

Son erreur fut celle-là, j'étais déjà perdu avant même que l'on ne m'ait mis au monde, c'était mon destin de connaître de tels revers et de me perdre dans les méandres de l'existence. Alors, pourquoi avoir tenté de me façonner à l'image de l'homme parfait ? C'était son rêve à elle, pas le mien. Toutes ses initiatives, tous ses espoirs n'ont réussi à me remettre sur ce sentier qu'elle voulait tant que j'emprunte. D'ailleurs, comment était-elle si certaine que c'était le chemin à prendre, pourquoi le mien ne pouvait pas être considéré comme le standard ?

Juste parce que j'étais minoritaire, je me devais de me conformer à ses règles à elle ? Âme seule certes, mais j'ai goûté aux prémices du bonheur, nombreux sont ceux qui ne pourront jamais se prévaloir.

Bon, je vous disais, tout comme Laurence, il n'y avait rien à allumer au fond de moi, mon environnement s'était figé tel un froid d'hiver du nord de la France. Elle s'était pourtant obstinée. Mon instinct me dictait de vivre en ces termes, pourquoi donc y renoncer ? Cela aurait été comme faire le deuil de mon « moi intérieur », de ce qu'ils appellent ma nature humaine. Pourquoi devais-je regretter ma façon de vivre et renier ce que j'étais ? N'aurait-il pas été encore plus hypocrite, que de refuser de réveiller l'être qui sommeille en nous ? Si réellement nous avions confiance en notre âme et à ces bonnes manières que l'on nous a inculquées depuis petit, pourquoi ne pas être tels que nous sommes ? Beaucoup seraient déçus, car ils se rendraient compte, qu'ils se sont bercés d'illusions, et qu'au final, leur instinct assouvi, ils n'étaient pas mieux que moi. J'avais au moins accepté ce que j'étais, je ne me cachais pas derrière un personnage que je m'étais forgé.

Je n'étais pas cet écrivain qui se cachait derrière ses mots pour sublimer ses pensées. Je n'étais pas cette femme ou cet homme qui s'enfermait chez lui pour cacher ses fantasmes. Je n'étais pas ce peintre qui, à travers ses créations, cachait, au détour d'une toile, ses désirs refoulés ou son mal-être. Je n'étais tout simplement pas ce qu'eux étaient et ce que la société leur dictait d'être. J'assumais mon instabilité, mon indisposition à vivre dans ce monde et mon désir de le fuir. Cette vie qu'on ne m'avait pas demandé si je voulais la vivre. Je traînais la semelle, mais au moins, j'assumais tout cela et prenais goût à m'autodétruire, afin de montrer à ceux qui avaient pris cette sentence à ma place, que je n'avais rien demandé, et en retour ils n'avaient donc pas à me dicter mes actes et pensées. Libre, je m'étais affranchi de toutes sortes de contraintes qui pouvaient me pourrir l'existence, je pensais exactement comme je voulais, j'agissais tel quel, et je ne m'inquiétais jamais des conséquences que cela pouvait engendrer. À quoi bon ? J'avais le droit de crier sur tous les toits et de le prouver que je me délectais du fait de passer d'une maîtresse à une autre, sans puiser aucun plaisir à les prendre au détour d'une sortie. Rassasié de ces bonnes femmes qui m'avaient pour un instant fait rêver, je passais à autre chose, trouvant chez une, plus de charme et moins de conversation ou encore chez l'autre plus de profondeur et moins de noirceur. Je me foutais du chagrin que je pouvais inoculer comme un venin à ces femmes. Je ne leur avais rien promis. Elles avaient choisi de monter à bord de mon train et voilà que je les débarquais au milieu de nulle part, sans délicatesse et sans une once de considération.

Tous les hommes sont fourbes, menteurs et manipulateurs, Kadhi ? Je leur apportai la preuve de ces allégations. Ce n'était en rien lié à un délire schizophrénique. Étais-je privé d'âme ? Non, il n'en était rien, j'étais juste sincère, et c'était une perte de temps que de vouloir me démontrer, que je ne devais pas prendre la vie par ce bout, et qu'elle renfermait des délices que j'ignorais. Alors, lorsque Marie aussi démunie que le personnage de Zola s'était lassée de me couvrir de douceur et se rendant compte que rien de meilleur n'en était le revers, elle avait abandonné, et s'en était allée pour ne jamais revenir. J'en viens aujourd'hui de temps en temps à ne pas regretter son départ, ce n'est juste qu'une fraction de seconde, que dis-je un nanogramme du temps, mais je le ressentais ainsi. Son rêve devait bien prendre fin un jour ou l'autre, avouez-le. Elle-même savait qu'au fond de son âme, c'était une mission impossible qu'elle s'était assignée.

Je regorgeai de blessures intimes, néanmoins, je n'avais ni connu une enfance maltraitée, ni été abusé encore moins meurtri. En effet, j'étais fils unique, mes parents m'avaient eu après dix ans de mariage passés dans les hôpitaux et cliniques à essayer de faire cet enfant qu'ils désiraient tant et qu'ils voulaient avoir par tous les moyens. Grâce à un miracle, je fus accueilli ainsi au sein de ce couple plein d'espoir, et au sommet de l'extase, heureux que l'univers ait entendu leurs prières formulées durant des nuits entières.

Ma mère me considéra comme une lumière accompagnée d'un vent de bonheur qui venait tout emporter de négatif sur son passage. Elle me dit que leurs doutes prirent fin et qu'ils purent enfin vivre heureux, car seul un enfant manquait à ce tableau idyllique. Ils ne pouvaient sans doute pas subodorer que s'étant donnés autant de mal pour avoir un enfant, la providence les pourvoirait d'un fils au destin si tragique.

Ils m'accueillirent donc.

Déjà enfant, je sentais cette vague d'amour se déferler sur moi, mes camarades m'enviaient. Ils jalousaient ce petit garçon que sa mère si douce venait prendre à la sortie de l'école, cet enfant qui avait tout ce que les autres n'avaient pas sans rien demander, ce garçon que sa mère appelait mon doux précieux alors qu'eux n'avaient jamais eu de surnom affectueux. Ils étaient cependant loin d'imaginer que déjà, je me sentais mal, et que ce gouffre d'amour, dans lequel mes parents m'avaient plongé, finirait par m'engloutir.

Au collège, j'étais l'ami idéal, mes parents invitaient souvent mes camarades. Mes anniversaires étaient attendus comme le jour de l'an. Les invités recevant plus de cadeaux que ce qu'ils apportaient. À la fin, ils ne prirent même plus la peine d'en apporter. Je ne manquais après tout de rien. Au lycée, les camarades commençaient à se demander pourquoi je ne remerciais juste pas le ciel de m'avoir offert de tels parents. Ils n'assimilaient pas qu'autant d'amour puisse me gêner alors qu'eux quémandaient souvent un geste affectif de la part de leurs parents. Je ne demandais rien à mes parents et pourtant j'avais tout ce dont un adolescent de mon âge pouvait rêver. Ils venaient à me trouver ingrat et à penser que je ne méritais finalement pas ces parents.

Je reconnais aujourd'hui qu'ils avaient raison.

Mon père aussi s'énervait, il ne comprenait pas cette mine triste que j'abordais tout le temps, il était content que j'écrive, pensant que j'imitais mes maîtres Verlaine et Rimbaud, mais cette attitude l'horripilait. Il se demanda s'il ne m'avait pas trop gâté et s'il n'aurait pas dû être plus sévère à mon égard. J'excellais certes à l'école, mais il ne concevait pas le fait que je sois triste et cette envie que j'avais à tout juguler. Comme si je culpabilisais du fait qu'ils soient riches et qu'ils me mettent dans de bonnes conditions de vie.

Seule ma mère pouvait voir cette larme intérieure qui coulait en moi et qui m'assombrissait l'existence. Quand je pleurais, sa terre se noyait. Elle seule priait pour quitter ce monde avant moi et pour que je connaisse plus de bonheur qu'elle ne se serait jamais délectée.

Elle n'a jamais montré signe de faiblesse ou de mépris. Même à la mort de mon père, elle a recouvert d'un voile de douceur ma tristesse. Elle était tendre et solide à la fois ma reine. Je me souviens des nuits étoilées, nuits de trêve et de contes au coin du feu, blotti dans ses bras aimants, me racontant mon histoire. Je me souviens des crépuscules à ses côtés et de ce moment de calme précaire laissant place à la nuit qui couvre les derniers cris, sonnant le glas et les moments d'errance. Je me souviens aussi de l'aurore naissante, de cet instant où la terre émettait un dernier soupir, se préparant à recevoir les assauts déchaînés de ses habitants et je la revois mon idole se lever et s'adonner à ses tâches. Un autre jour qui viendrait s'ajouter à ces peines que je lui causais. Ma mère n'était pas prolixe, mais elle voyait bien que je n'étais pas comme les autres. Malgré tout, elle ne m'en aima que davantage, car disait-elle, elle avait un fils différent.

— Tu vois là où cette différence m'a mené mère, lui dis-je un jour ?

Après le lycée, ils entreprirent tout pour me financer mes études supérieures en Europe.

Ils me diront que : « c'est pour récompenser tes efforts chéri. »

Vous vous demandez, si j'ai eu une enfance aussi heureuse, pourquoi ai-je eu tant de mal à aimer la vie ? Je me le demande. Je sais juste que je me noyais au ruisseau. Face à cette situation, Marie me demandait si un jour elle arriverait à me sauver. « Ne t'en veux pas pauvre chérie, lui dis-je, il y a toujours derrière l'échec quelque chose de bon et de beau. Mon désir de liberté aura juste était plus dur à assouvir. Peut-être ai-je eu tort de penser que tu m'aurais aimé « laid et impur » comme le fut jadis Laurence. Tu es l'héroïne malheureuse du film de ma vie. J'ai voulu satisfaire mes désirs sans pour autant imposer à qui ce soit mes réalités. Pourquoi ne fais-tu pas de même ? »

Elle en était incapable, elle m'aimait pour deux. Je reconnais aujourd'hui avoir mené une vie assez misérable et maudite. Comment ai-je pu vivre en ces termes ?

* * *

Un jour alors que je l'avais vraiment mis hors d'elle, Marie me parla sur un ton que je ne croyais pas qu'elle aurait pu employer un jour. Elle était tellement douce que lorsqu'elle me cria dessus, cela me choqua. Elle n'en pouvait plus, je suppose. Parti jusqu'à l'aube, je n'avais même pas pris la peine de l'appeler pour lui dire que je ne rentrerai pas. Elle s'était réellement inquiétée et moi comme un pauvre bougre, je l'avais envoyée sur les roses lorsqu'elle m'avait demandé où est-ce que j'étais jusqu'à cette heure.

— Tu sais quoi, me dit-elle, je vais tout dire, je vais me laisser aller, je me promets de tout dire, même si ça risque d'être un peu virulent.

— Qu'est-ce qui t'arrive Marie, lui avais-je alors demandé, surpris par son ton acerbe ?

— Non, écoute juste ce que j'ai à te dire.

J'ai honte pour toi mon cher, j'ai honte pour la personne que tu es. Incapable de la moindre sollicitude, se targuant certes d'être juriste, et donc au service des autres, mais dans l'incapacité de faire preuve de bonne foi.

— Quoi ? Qu'est-ce qui te prend ?

— Oui, tu m'as bien entendu, ne fais pas cette tête. Avec moi en tout cas, tu n'as jamais su faire preuve de bonne foi ni de rectitude, tu n'as jamais su être véridique. Quel plaisir malsain y trouves-tu ? Je vais t'asséner ce que je considère comme mes vérités, afin de pouvoir refermer cette parenthèse que tu as été dans ma vie, car finalement tu n'auras été que cela.

— Moi, une parenthèse dans ta vie ? Tu as fumé ou quoi ?

— Comment peux-tu définir, un être qui n'est pas en mesure d'avoir le moindre respect envers celle qu'il considère comme l'aimée, si ce n'est un être abject ? Je t'ai ouvert mon cœur, je t'ai aimé au-delà de ce que je pouvais et qu'est-ce que j'ai eu en retour, le manque de respect, l'incapacité à tenir ta parole, le manque de considération et un aveuglement complet.

— Tu es injuste ! Je pensais que toi, plus que quiconque me comprendrait.

— Oh non, je ne te comprends plus Driss et Dieu sait que j'ai essayé, quitte à renoncer à ma propre existence. Comment peux-tu me sortir de pareilles inepties et espérer que je reste dans mon coin, en espérant que Mon Seigneur Idrissa daigne bien un jour me faire honneur en me consacrant un peu de son temps, qui lui est si précieux. Un temps soi-disant consacré à chercher qui il est. C'est en culbutant toutes les filles de cette ville que tu vas y arriver ? Tu me fais rire, si ça te fait plaisir de te bercer d'autant d'illusions, libre à toi, je ne te souhaite pas bonne chance par contre. Tu comprendras sûrement mon aigreur, ta malhonnêteté l'a réveillé.

— Justement, je ne comprends pas, depuis combien de temps gardais-tu cela en toi ?

— Depuis que je t'ai rencontré ! Tu m'as pris pour qui ? Tu me crois assez idiote ou assez dénuée de raisonnement pour penser que j'ai pu gober tes salades. Ce serait alors mal me connaître, ce qui me paraît être certainement le cas, car au fond tu ne me connais réellement pas Driss, car si tel était le cas, tu déploierais monts et merveilles pour me garder à tes côtés.

— Oh…

— Je remercie le ciel de m'avoir assez vite ouvert les yeux, pour que je puisse me barrer avant qu'il ne soit trop tard pour moi. J'ai certainement une bonne étoile, car je n'aurai jamais pu traîner un tel boulet. Je mérite mieux que toi, et quelqu'un de mieux que toi me mérite. Sur ce, je te souhaite bien du courage dans ta quête !

— Qu'est-ce que ça veut dire? Tu me quittes Marie?

— Mais c'est toi qui m'a quittée depuis longtemps Driss, tu n'as pas su lutter contre tes démons, tu as préféré te laisser à nouveau envahir et partir à la dérive comme tu sais si bien le faire. Je pensais que tu reviendrais à la raison, cependant tu ne fais rien pour être comme tout le monde. Je te laisse juste de la place, pour que tu puisses jouer à fond à l'artiste maudit.

Ceux furent ses derniers mots, elle partît quelque temps chez sa sœur pour me laisser le temps de quitter l'appartement. Après ces mots, que je reçus comme une douche froide, je décidai de rentrer définitivement au pays. Je n'avais plus rien à faire dans cette ville. Ce pays, je l'ai toujours quitté en étant dans le tourment.

* * *

Le retour au pays natal me fit donc beaucoup de bien, loin de toutes ces tentations, je pouvais enfin me consacrer à ce qui était essentiel. Et puis, je dois vous avouer que la mort de mon père aussi fût un bouleversement pour moi. Cet événement me fit prendre conscience que nous ne sommes pas éternels et que la jeunesse passe excessivement vite. Je n'avais même pas eu le temps de m'habituer à ma jeunesse que déjà j'étais adulte.

Je revins au Sénégal prêt à servir ma patrie.

Pures balivernes !

Comment vous dire, comme tous les autres, j'étais juste venu prendre ma part, je venais de passer dix longues années loin de tout : de ma famille, de mes amis que j'avais fini par perdre de vue, de mon père que j'avais perdu alors que j'étais à quatre mille kilomètres. Je revenais étranger dans ce pays qui m'avait fait rêver pendant dix-neuf ans, mais où je ne reconnaissais plus rien. J'étais trop *toubab*. Comprenez par-là occidentalisé pour vivre ici et trop étranger pour rester là-bas.

Je n'avais donc nulle part ma place.

Je me décidais donc à me faire une place au soleil comme les autres camarades, si je m'étais privé pendant dix ans, enfin presque privé, je n'avais pas été non plus malheureux, mais je devais prendre ma revanche. J'étais donc devenu ce qu'on appelle ici un jeune cadre dynamique. Dans cette course effrénée,

Marie occupa de moins en moins mon esprit, mais elle gardait cependant toute son importance quand la solitude me gagnait. Je retrouvai après son départ un peu d'elle en chacune des filles que je croisai. Aucune ne l'égala néanmoins, dans ma quête absolue, je retrouvais un peu d'elle en chacune de ces roses cueillies sur mon chemin. Je ne cherchais pas plus, je vis chez Yacine sa gentillesse, chez Astou son sourire triste, chez Léa son calme et sa douceur, chez Mariam son regard malicieux et bienveillant, chez Amélie sa hardiesse et son romantisme, chez Awa son grain de folie et son épicurisme, mais je ne retrouvai jamais son amour et sa beauté intérieure. Elle avait un brin que les autres ne détenaient pas, cette étincelle qui m'enflammait et faisait de mes pensées un feu d'artifice. Elles ne lui arrivaient pas à la cheville, aucune d'elles ne renfermait toutes les qualités requises pour être embauchée par mon cœur et mon esprit. Était-elle la femme parfaite ? Non, elle est humaine, donc plus proche de l'imperfection que de la perfection, mais je saurai trop tard que je l'avais chérie et aimée, et cela me laisse aujourd'hui à la bouche un goût amer. « Marie N'Diaye où te caches-tu, me demandai-je souvent ? »

— Paradoxal, lui dit Kadhi, tu viens de la renier quelques instants plutôt et te voilà pris de nostalgie.

— Amoureux je te dirai, donc un peu aigri. Et il continua.

Ma mère, je la perdis des années plus tard, ma reine laissa vide son trône. Elle ne comprit jamais pourquoi j'avais détruit cette bulle, que j'avais mis tant de temps à construire. Pourquoi j'avais effacé ces lignes de ma vie, alors qu'elles en constituaient les plus belles.

Mais, même moi je ne me l'expliquais pas. J'étais né sûrement avec cette part sombre, mon destin ne pouvait donc être voué qu'à ça. Je savais juste qu'une certaine mélancolie me suivait, j'avais beaucoup de mal à l'expliquer et encore plus à la confier à quelqu'un. J'avais alors trouvé un remède, celui de me noyer dans les vicissitudes de la vie. J'étais condamné à vivre avec cette croix. Je sais, ce n'est point une excuse. Je ne cherche pas l'absolution, détrompez-vous. Je suis submergé aujourd'hui par tant de regrets, ces actes et choix que je n'avais pas faits et que j'estime trop tard alors qu'au plus profond de moi, je sais que leur réalisation aurait pu m'apporter satisfaction et un bien-être auquel, j'avais fini par renoncer à cause de cette traversée. Par orgueil, par méfiance, ou par peur de me perdre ? Je l'ignore, il y a autant de raisons que de personnes qui nourrissent des regrets. Dans mon cas, je dirais plus par pure ignorance ou par égarement.

Je regrettais de n'avoir pas dit à Marie qu'elle avait été en fin de compte la chose la plus précieuse que la terre m'avait jamais offerte, elle restera mon seul regret. Marie ne sut jamais que je l'avais aimée plus que tout, j'étais trop insouciant pour m'en rendre compte. Pourquoi n'avais-je pas écouté mon cœur, pourquoi ne lui avais-je pas dit que je l'aimais, qu'elle m'avait rendu heureux et qu'à ses côtés, j'ai ressenti une paix intérieure et l'esquisse d'un début d'apaisement ? Pourquoi n'avais-je tout simplement pas entendu les récriminations de mes sens et aller à l'encontre de la raison ? Et si je l'avais appelée, que ce serait-il passé ? Dans mon entêtement, j'étais persuadé que je n'étais pas fait pour l'amour éternel. J'étais comme ces étoiles errantes, j'avais en face de moi ma portion de ciel, mais je l'ai laissée se dissiper.

Ma chère mère, elle qui se sera sacrifiée pour ce fils unique, qui mena une vie de débauche et qui à ses yeux était parfait. En effet, pour elle, j'étais une pierre précieuse, une œuvre d'art que l'on devait exposer au musée et garder plus tard dans un coffre à la banque pour me préserver de ce monde. Elle ne saura jamais que la vie que j'avais menée en Occident ne fût pas celle qu'elle m'avait destinée. Elle ne s'inquiéta jamais de mes silences assourdissants, elle avait de mes nouvelles toutes les semaines, elle n'en demandait pas plus, persuadée de mon retour.

Marie, si généreuse, qu'elle eut la chance d'être adoptée par mon groupe d'amis, et pourtant on avait décidé de ne pas mélanger amour et amitié. Les amours ne créant que des troubles nous ne voulions pas que nos compagnons viennent mettre le désordre dans nos relations que nous avions mis tant d'années à consolider. Nous avions trouvé une certaine eurythmie. Cependant, elle, elle ma Marie fut l'exception, peut-être ces amis, pensaient-ils que j'avais enfin trouvé celle qui m'apaisait et qui me fixerait enfin à un port pour la vie.

Il y avait Mahécor qui voulait devenir instituteur et qui aimait les voyages, assez nerveux, il affectionnait de refaire le monde, il pouvait se montrer drôle de temps à autre, avec sa barbe de trois jours et ses yeux sombres, les filles lui courraient derrière. Il m'avait d'emblée adopté, me trouvant fort insouciant, il avait décidé d'être celui qui prendrait soin de moi. Il me confondait des fois avec les enfants dont il s'occupait et s'inquiétait plus que les autres de mon état d'esprit. Il n'était pas plus âgé que nous, mais il avait le statut de père, étant beaucoup plus mature, il nous engueulait de temps à autre.

Ce qui avait le don de mettre Makhtar hors de lui, ce dernier était outré par l'attitude que j'adoptais, il me sermonnait souvent sur l'indécence dont je faisais montre à l'égard des jeunes filles. Mais malgré tout, on s'aimait énormément. J'avais trouvé en lui un frère et je savais que je pouvais compter sur lui, il était celui qui me remettait sur les rails à chaque fois que je dépassais les limites. Il me critiquait dans l'intimité, mais il était toujours le premier à prendre ma défense quand mon comportement était le sujet de discussion du jour. Ce qui était souvent le cas, je vous avouerai. Je constituais à moi tout seul un sujet de thèse pour mes amis. Toujours dans les livres, cultivé et très porté sur la politique, il connaît une réussite fulgurante aujourd'hui. Makhtar est devenu conseiller auprès du secrétaire général des Nations Unies. Ce côté pacifiste l'avait toujours mis en mal avec mon autre ami que l'on surnommait colonel.

Ah mon colonel, très pragmatique et d'une intelligence affûtée, le colonel était ce qu'on appelait quelqu'un de carré, ce qui lui avait valu ce surnom. Il ne pensait qu'au droit, ne vivait que pour le droit et aujourd'hui, il avait réalisé son rêve, il était devenu diplomate, ce qui m'a d'ailleurs assez abasourdi, car le colonel n'était pas très patient dans ses rapports avec les autres, malgré une certaine douceur qui se révélait quand on prenait le temps de lui parler et de le connaître. De tous, c'est lui qui m'impressionnait le plus, il me motivait même en une certaine façon, je voulais être aussi doué et aussi sérieux que lui. Mais cette motivation ne durait jamais plus longtemps que le temps d'une valse. Bientôt, j'étais réparti dans ma conquête du monde.

Bien sûr, il faut que je vous parle de notre mascotte, étant la plus jeune afin que vous la connaissiez tous.

Jeunesse qui ne l'empêchait nullement de dire ce qu'elle pensait, elle disait tout haut ce que les autres rechignaient à dire. Mais malgré son franc-parler et son caractère intrépide, elle était la seule à ne jamais avoir eu à se prononcer sur mon comportement. Je fus donc étonné quand un soir alors qu'il ne restait plus que nous deux, Séyane me dit :

— Tu sais pourquoi je ne t'ai jamais rien dit ?

Je fis non de la tête, un peu étonné par ce ton soudain sérieux de la petite dernière.

— Parce que tu as le droit de te foutre en l'air Driss, me dit-elle, et cela de la manière dont tu le souhaites, tu es mon meilleur ami donc je ne te jugerai jamais, je t'écouterai toujours, mais je n'émettrai aucun jugement. Ce n'est pas parce que je ne suis pas sincère, non, loin de là. Je pense juste que tu as l'apanage de te forger ta propre vision, on n'a pas à t'imposer quoi que ce soit. On n'est pas dans ta tête ni dans ton cœur, alors, je ne vois pas pourquoi on s'arrogerait le privilège de dire que notre façon de faire est la meilleure. Tu es un artiste après tout et c'est de tes expériences que jailliront tes plus beaux vers. Alors, vis ce que tu as à vivre maintenant, vis-le pleinement, mais fais en sorte que l'essentiel ne t'échappe pas.

— Et l'essentiel serait quoi pour toi, lui avais-je demandé.

— À toi de le découvrir mon beau, m'avait-elle répondu avec un clin d'œil.

Ma petite Seyane me manque beaucoup aujourd'hui, pourquoi n'ai-je pas pris un peu plus souvent de ses nouvelles. Ces amis et Marie furent ce que l'occident m'offrit de plus noble, ils m'ont enrichi et ont contribué à la déclinaison de la nouvelle personne que je suis devenu. On était très différents, nos discussions finissaient souvent en dispute, mais on se complétait, se respectait et on ne restait jamais plus d'une journée sans prendre des nouvelles des uns et des autres. Je les avais tous rencontrés sur les bancs de l'université, je dirai pour être honnête aux soirées qui étaient organisées tous les jeudis à la maison de l'université. Mais malgré mes défauts les plus sombres, ils n'ont jamais défailli, étant toujours à mon écoute. Peut-être avaient-ils ressenti cette fissure en moi, ce côté instable qui les ébranlait et faisait vaciller leurs certitudes. Ils ont su voir en moi une lumière que j'ignorais. J'étais l'artiste du groupe, enfin, je pensais l'être, je jouais au poète maudit comme Rimbaud ou Verlaine qui ont su mieux le faire que moi, perdu dans cette vie que je n'avais pas choisie. C'était donc normal pour eux que je tremble devant les sentiments et que je sombre de plus en plus dans la déchéance.

Vous n'allez peut-être pas me croire, mais je fis de brillantes études, car pour mes parents, je me suis accroché. Tel un rempart, je me suis cramponné à l'idée que je les décevrais si j'arrêtais tout pour me consacrer qu'à ma passion pour les vers. À plusieurs reprises, j'avais fait mes valises et mes adieux aux amis, je voulais aller à la quête de ce point essentiel qui manquait à ma vie. Plus rien ne me retenait dans ce pays. Je voulais partir et ne pas me retourner, non pas pour fuir, mais pour me connaître, pour sonder et découvrir ce qui me poussait à m'autodétruire. Et pourtant à la gare, devant cette foule immense qui partait ou qui revenait, devant ces démonstrations de peine ou de joie, je n'ai jamais pu franchir le pas.

Lâche ?

Non, l'image de mes parents à l'aéroport me faisant leurs adieux me hantait, je les entends encore me dire : « va, vis, mais reviens-nous, c'est un fardeau que tu portes ne l'oublie jamais. »

Je savais aussi que le jour où je franchirai le pas, je n'aurais plus jamais donné de nouvelles. Je voulais partir afin de renaître, me créer une nouvelle identité, vivre une nouvelle vie. Je faisais donc demi-tour comme à l'accoutumée et renonçais à mon désir d'errance. J'étais un bohémien qui avait des attaches et qui malgré une insensibilité apparente, était incapable de faire du mal. Je ne pouvais me résoudre à laisser sans nouvelles, cette douce mère qui m'avait porté quelques années plutôt en elle et plus tard sur son dos. Elle ne m'avait jamais rien refusé, je ne pouvais donc lui dédaigner mon amour et la tendresse qu'elle méritait. Mon amour pour ma mère fut donc le seul dont je fus toujours certain. Elle me touchait et me faisait rire, car me prenait encore pour un enfant.

* * *

Il faisait très beau ce jour-là, une lamelle de vent venait souffler au visage et rendait cette journée très douce. Une journée qui s'annonçait bien, d'autant plus que j'avais pris la décision d'aller parler à mon supérieur et de lui dire que j'allais prendre des jours de repos. En fait, tout est parti du fait que la veille, un de nos collègues avait fait un accident, son véhicule était rentré en collision avec un autre, il n'était pas mort, mais son cas restait critique. C'était le plus jeune et le plus jovial de l'équipe, un peu volubile à mon goût pour un homme, mais très attachant. Je l'avais pris sous mon aile même s'il m'énervait des fois à poser des questions qui étaient dépourvues de sens ou qui n'avaient aucun rapport avec le travail que je lui confiais. Il avait essayé de mieux me connaître, mais je ne disais jamais rien sur ma vie en dehors du travail. Je ne sortais plus depuis mon retour. Quelque chose s'était brisée en moi. J'évitais donc les verres après le travail, les soirées entre collègues. J'étais perçu comme quelqu'un de froid, qui ne se laissait pas aller à des confidences, ce qui me faisait sourire intérieurement, ils n'avaient pas connu le Driss que j'avais été, toujours prêt à faire la fête et empreint d'insouciance. C'était bien loin tout ça.

J'avais eu ma période, dix ans de débauche ça vide considérablement. Je n'avais pas cherché à revoir mes amis d'enfance. Ils étaient tous mariés. Certains pères de famille, ils ne m'auraient pas compris. Leur vie était bien trop rangée. Comment vieillir sans passer par l'âge adulte ? En s'enfermant jeune dans une relation qui nous lesterait du poids de responsabilités qu'on est

134

incapable de porter. Je n'avais jamais voulu d'enfants, de peur de leur transmettre ma mélancolie. Si je les avais eus avec Marie peut-être alors, ils auraient été doux comme elle. Néanmoins, ma hantise était d'avoir des enfants aussi malheureux que leur père. Les gênes de la tristesse ne doivent certainement pas exister, mais je ne voulais pas prendre le risque de voir mes enfants flirter avec ce sentiment. Je n'avais rien à inculquer ni à apprendre à un enfant, à part comment foutre sa vie en l'air. Ça, je savais m'y faire. Un malheureux de plus sur cette terre, je n'aurais pu être son auteur.

Conscient que j'étais à un tournent de ma vie, je pris donc la décision de parler à ce vieux grincheux, comprenez par-là mon supérieur, qui ne fichait rien de ses journées, affalé sur son siège, les doigts des pieds en éventail, déléguant toutes les tâches. Ah comme je le détestais lui. Plus laxiste que cet homme n'avait jamais encore été porté par la terre. Nonchalant, paresseux, le ventre bedonnant et ce rire... ce rire qui hérissait les poils, semblable à celui d'un cheval à la vue d'une friandise. J'avais beau cherché, je ne lui trouvais une once de qualité, il arrivait le matin, en retard bien sûr, faisait le tour pour dire bonjour à tout le monde, ce qui lui prenait une bonne heure, posait ses affaires et ressortait pour aller fumer son cigare sur la terrasse et boire un café, ensuite il rentrait, et posait cette sempiternelle question aussi idiote que son accoutrement inélégant :

— Alors Driss, ça bosse bien ? Et il continuait, je suis fier de vous, vous savez, vous êtes mon meilleur élément, je ne regrette pas de vous avoir choisi.

J'avais juste envie de lui répondre, je ne suis pas votre élément pauvre idiot et je voudrais bien savoir comment vous avez fait pour être directeur de l'un des plus grands ports de la sous-région. Mais non, je réprimais la haine viscérale que je nourrissais envers cet homme et lui offrait mon plus beau sourire.

— Justement, je voudrais m'entretenir avec vous, Mr Seck.

Je ne lui laissais pas le temps de répondre, ce n'était pas une question, il n'avait pas le choix, il allait m'écouter. Je dois vous avouer que je lui faisais un peu peur. Il ne savait pas comment se comporter avec ce directeur adjoint qui ne disait jamais rien, se contentant de faire son travail et le sien. Sans moi, il était perdu, il s'assit donc, je le vis trépigner sur la chaise, ne sachant comment se comporter.

— Allez-y Driss, je vous écoute.

— Je sais que vous êtes occupé, donc je m'efforcerai d'être bref.

Il se sentit de plus en plus mal à l'aise, on savait tous les deux qu'il ne faisait rien et passait tout son temps au téléphone et les jeunes filles n'arrêtaient pas de rentrer et de sortir de son bureau, un véritable défilé.

— Non, non allez-y, pour mon exceptionnel directeur adjoint, j'aurai toujours du temps.

Oui c'est cela ouais, vous en avez d'autres des inepties pareilles en stock vieux bougre, pensais-je ?

— Je pense prendre des jours de repos ces temps-ci, je commence à m'organiser, afin de prendre deux semaines de congés, j'en ai besoin. Je voulais donc vous avertir de ce fait, afin que vous preniez vos dispositions. Je partirai à la fin de la semaine.

— Je vous comprends, vous savez, vous n'avez pas pris de repos depuis que vous travaillez ici.

Ah, il avait donc remarqué !

— Vous abattez un travail monstrueux et je vous suis reconnaissant du dévouement dont vous faites preuve.

Il disait cela, mais je savais qu'il n'en pensait pas un traître mot. Il devait se dire dans sa tête comment allait-il faire sans moi. Mais je m'en fichais, ce n'était jamais trop tard pour travailler. Et je vous avouerai que je n'en pouvais plus de ces gens qui avaient la chance de travailler, mais qui ne respectaient pas ce qui leur était offert. Il ne remplissait même pas six heures de travail par jour, prenant des pauses à souhait, et se plaignant toujours.

Malgré tout, j'étais très épanoui dans mon boulot, j'aimais ce que je faisais et il me permettait de voyager de temps en temps dans la sous-région, et quelques fois en Europe. J'étais loin de me plaindre, mais je sentais que le fil allait se rompre, j'avais besoin de me reprendre si je ne voulais pas sombrer à nouveau dans les anciens travers. Le précipice était proche, et je sentais en ce moment le sol se dérobait de plus en plus. Je reportais mon attention à nouveau sur cet homme qui faisait un peu pitié, et cet air renfrogné qu'il offrait en ce moment comme si on venait de lui refuser un bonbon - ce qui ne lui ferait pas mal je vous dirai en passant - et qui m'horripilait.

— Je vous avouerai que votre départ ne m'enchante pas, ils vont tous être perdus là-dedans.

« Dites plutôt que vous, vous allez être perdu. »

— Mais c'est normal, faîtes donc, on se débrouillera pendant votre absence. C'était cruel de ma part, mais je me délectais de le voir se débattre avec lui-même. Je souris donc à ce vieux con qui ne pensait qu'à ses intérêts.

— Je ne vais pas vous retenir plus longtemps, je sais que votre temps est précieux. Prends ça dans les dents. Je mis ainsi fin à l'entretien. Oui, j'étais le patron de mon patron. Il repartit comme il était rentré, c'est-à- dire lesté du poids de sa fainéantise.

* * *

La semaine passa très vite, j'étais acculé de partout, je sentais de la nervosité dans l'air, moi parti pendant deux semaines, c'est comme si c'était une expédition de dix ans. Je sentis les regards inquiets, mais je ne revins pas sur ma décision. J'avais besoin de voler au temps un peu de bonheur et ce n'est certainement pas là que je le trouverai. Je sortis de mon bureau pour la dernière fois, heureux et me sentant aussi léger que de la mousse. À cet instant, je ne savais pas que je ne remettrais plus jamais les pieds dans cet endroit qui avait été témoin de mes moments de doute, des instants à rêver de Marie, des regrets que j'avais émis vis-à-vis des amis et des erreurs que j'avais commises. Je repensais au directeur, il était venu me dire au revoir ce qui m'avait étonné. Je m'arrêtais une dernière fois devant le port où l'air iodé de la mer régnait et la complainte des navires venait s'échouer. Devant cette vue, je fis offrande de mon sourire à la vie. Le sourire adoucit les mœurs, met du baume au cœur blessé ou triste. Un sourire est essentiel, on est récompensé par un sourire pour un geste de bonté, de gentillesse. Il est important de sourire, je préfère avoir des rides de sourire que le visage fermé, terne et dépouillé de lumière qui n'invite pas au dialogue, au partage, au plaisir de parler, d'échanger. Le sourire dote notre visage, d'une lumière diaphane et diffuse. Pourquoi alors s'interdire ce plaisir alors qu'il nous permet d'oublier nos soucis, de faire passer la pilule avec plus de douceur ? Qu'ils sont tristes ceux qui se refusent à cette expression, ceux qui se privent ce bonheur et en privent par-là les autres. Il parait que sourire serait comme se soumettre, bien au contraire, avoir la capacité à distiller du bonheur n'est- ce pas un pouvoir suprême. C'est ce que je ressentis à ce moment, une lumière qui se distillait le long de mon corps et qui éclairait mon âme.

Sortant du port, je pris la direction du cimetière.

Ce serait ma première étape.

Cela faisait tellement longtemps que je n'étais pas allé voir mes parents. Je n'aime pas du tout l'ambiance des cimetières, ce silence funeste qui y règne me fout les jetons. Ceux qui prétendent qu'on pourrait venir s'y reposer et s'entendre m'étonneront toujours. Comment un endroit qui est la symbolique parfaite de la tristesse peut être un lieu où l'on s'entend ? À part de la peine, je ne vois pas qu'est-ce qu'on pourrait ressentir d'autre. En plus, à la différence des cimetières européens où se joue une symphonie de couleurs des fleurs et où les tombes sont alignées, les caveaux familiaux bien définis, chez nous un tout autre tableau est offert.

Rarement les tombes sont construites avec des pierres, il n'y a qu'un amas de sable, les plaques mortuaires sont en fer et fait de manière sommaire, on marcherait presque sur les tombes, les lignes de délimitation inexistantes. Les constructions étant interdites, car l'ange de la pitié ne viendrait pas se recueillir sur les tombes en pierres. Tout cela ne me donnait guère envie d'y aller, ce que je regrettais, car mes parents, je les avais aimés profondément et j'aurais aimé me recueillir plus souvent sur leur tombe. À cet instant, je repensai à Marie et à la lettre qu'elle m'avait laissée avant de partir :

« Mon Driss,

Je me suis énervée contre toi ce matin et je me sens si mal de l'avoir fait. Je regrette de m'être emportée, mais à tes côtés je commence à perdre la raison. J'ai tenté de faire taire cette voix qui s'élevait de plus en plus en moi. Le vent n'arrête pas de siffler dans ma tête et les murs de ma vie s'écroulent, mais je suis plus forte que tu n'oses l'imaginer. Je tiens encore debout, même si l'envie me prend de me laisser aller au désespoir. Au final, le désappointement est ce qui me reste à la bouche. Je croyais en toi et en nous. J'aurai beau t'écrire des poèmes, chanter ton nom à travers les âges, usurper à Aragon des vers, mais je me rends compte que même ce langage tu ne le comprendrais pas. Tu ne peux savoir la peine dans laquelle tu m'as plongé. Ton amour n'est qu'une ombre comparé au mien, donc si on est fait pour être ensemble Driss, si dans la voûte céleste nos deux étoiles s'entrelacent et se tiennent compagnie, si mon âme est celle qui complète la tienne et si le glas du destin retentit, alors nous finirons par nous retrouver et communier. Ici ou dans une autre vie qui sait, mais un jour viendra où nos souffles ne feront plus qu'un, nos baisers se feront plus langoureux, les moments passés ensemble comme suspendus dans le ciel.

Je me souviens de ton regard vide et de ton visage défait, efface-ce sourire triste dont je me rappelle, ces larmes intérieures qui coulent, cette amertume que je lis au fond de ton cœur et ces frissons qui parcourent ton corps.

Pars, mais n'aies aucune crainte, deux âmes sœurs perdues, mais faites pour être ensemble, finissent toujours par se retrouver. Je t'attendrai pendant cinq ans, ce jour-là tu tiendras à nouveau mon cœur au creux de tes mains.»

Une larme vint s'échouer sur la tombe de ma mère. Quelle bêtise n'ai-je pas commise en laissant partir celle qui m'aimait le plus et qui me rendait la vie supportable ? Un jour où je m'étais laissé aller à des confidences, j'en parlais à ma mère, elle m'écouta patiemment et à la fin avec des mots très sages, elle me fit comprendre que la vie était éphémère.

Tu ne dois pas avoir peur de l'engagement, me dit-elle. Je sais que tu te retiens, car tu as peur de la perdre et te perdre encore plus, mais, les moments passés avec elle resteront gravés en toi, tu pourras y puiser assez de force pour survivre. Toute drogue n'est pas nocive, chéri. Tu parles d'elle avec tendresse. Tu l'aimes. Pourquoi donc ne vas-tu pas la chercher et faire d'elle ton port d'ancrage ?

— Il est trop tard mère, lui avais-je répondu, et j'étais parti sans attendre sa réponse. Marie en qui je pouvais avoir confiance et auprès de qui je pouvais venir me désaltérer à l'orée de ses lèvres telle une fontaine vierge. Comment ai-je pu avoir autant d'écailles sur les yeux ? Je lui demandais un jour pourquoi elle m'aimait, moi chez qui ne se reflétait que vilenie, d'autant plus que je pouvais me révéler être un virtuose de l'affabulation, si encré dans mes basses besognes. Elle m'affirma qu'elle ne savait pas pourquoi, elle m'aimait juste et c'était ainsi. Elle ne voyait en moi que lumière et trouvait en mes défauts quelque chose de touchant. Elle m'avait sondé, avait saisi que j'étais un être des ténèbres, mais teinté de lumière selon elle. Malgré tout le mal que je lui avais infligé, elle m'avait gardé une place dans son cœur, prenant de mes nouvelles auprès de mes amis, se souciant de mon bien-être, s'inquiétant de mes dérives, me trouvant des excuses et finissant toujours par me pardonner.

« Quand je te vois ou t'entends, me dit-elle, j'oublie tout, comme si mon cœur n'avait jamais été blessé. Je sais juste que c'est comme si on reprenait de là où les bons souvenirs s'étaient arrêtés. J'affiche ce sourire niais et me laisse emporter par l'ivresse de nos retrouvailles. Bien que je sache, que ce n'est que passager. »

Marie au cœur pur ! Comme la vierge Marie, elle ne prenait que ce qu'il y avait de meilleur et faisait fi du côté obscur. Elle me regardait avec les yeux de son cœur et m'appréhendait donc différemment. Ce qui me gênait, était que je pouvais m'ouvrir à elle, sachant qu'elle m'écouterait, mais n'émettrait aucun jugement. Son calme me renvoyait à mes peurs, ses certitudes à mes angoisses, ses réponses à mes craintes. Elle était la seule à me connaître réellement et je ne pouvais vivre avec l'idée que celle qui sommeillait tendrement à mes côtés savait anticiper mes réactions et calmer mes douleurs. J'avais justement besoin de me perdre dans les méandres de ces douleurs afin de me sentir vivant. Partir à la dérive pour mieux vivre ces instants de calme précaire. J'éclatais souvent en sanglots dans ses bras sans savoir d'où émanait cette tristesse infinie. Mon monde basculait, s'écroulait. J'empruntais ces virages sombres et tortueux, mais elle était là pour me tenir la main, de peur que je ne m'effondre. Elle m'accompagnait dans ces moments, elle attendait juste que cela passe. Elle savait qu'elle ne pouvait rien y faire. Même moi, j'étais incapable d'arrêter le processus ou de le prévenir. J'étais subitement acculé, comme une vague qui recouvre le sable. Je n'avais pas le choix, je devais juste subir et attendre que cela passe. Je pouvais passer des jours ainsi, je ne disais pas grand-chose. J'allais et je venais sans avoir goût à rien. C'était déstabilisant. Savoir que la mélancolie nous envahit sans pour autant en connaître la raison et encore moins le remède. Dans ces instants, je parlais rarement, je ne faisais qu'écrire. C'était ma seule manière de me décharger un peu moins de ce fardeau que je n'avais pas choisi de porter. Quand j'y repense aujourd'hui, et quand je repense à l'inspiration qui m'avait quittée lorsque j'étais revenu au pays, je me demande si l'éloignement d'avec ma terre natale n'avait pas accentué mon mal-être. Je n'avais jamais été aussi mal que lorsque je me trouvais en Occident.

* * *

Bon, assez parlé de Marie, vous-mêmes, j'imagine, devez en avoir marre. Qu'est-ce que j'avais dit à ce sujet d'ailleurs ? Fini, le temps des regrets. Mais vous aurez deviné que c'est ce que je fais le mieux depuis le début de ce tête-à-tête. C'est tout aussi naturel pour moi de parler d'elle que de respirer.

Ma Marie, l'acmé de mes regrets !

J'avais décidé d'aller rejoindre une première fois mes amis d'Europe, et pour mieux graver les instants que j'allais vivre pendant cette semaine dans mon âme, chaque activité serait partagée avec l'un d'entre eux. J'avais donc décidé de faire du parachute avec mon colonel, de la plongée avec Mahécor, du saut à l'élastique avec Makhtar, quant à ma folle de Séyane, elle qui adorait l'art, je lui avais promis une journée à faire le tour des musées ce qui la ravissait profondément. Cependant, on décidait finalement que l'on ferait toutes ces activités ensemble pour rattraper les moments perdus. Séyane quant à elle refusa de partager son activité, ce qui avait fait sourire les autres.

Ayant toujours été farfelu, mais pas nombriliste, je me suis surpris aujourd'hui à vouloir être la personne que les autres s'attendaient à ce que je sois. J'avais donc décidé de faire ce qui m'avait toujours tenté, mais par manque de cran, je n'avais jamais osé les faire. J'étais donc allé en Europe dès le lendemain pour voir mes amis, ils me manquaient tellement. J'étais resté longtemps sans donner de nouvelles, à mon retour, j'avais voulu m'enfermer dans une sorte de bulle, décidé à devenir quelqu'un d'autre, refrénant mes envies et mes folies, barricadant ma fougue et ma passion.

Je m'étais donc résolu qu'une fois dans ma vie, j'allais m'oublier, oublier jusqu'à qui je suis : le passé, les questions, les souvenirs et offrir aux miens un être de lumière. Et bien sûr, j'avais prévu de revoir ma reine et faire rejaillir le feu de notre amour. Elle m'avait dit qu'un jour, je tiendrais à nouveau son cœur au creux de mes mains. Le moment était venu d'aller la chercher et de la regarder danser, sourire et faire de ma vie à nouveau une rivière scintillante de bonheur.

Le temps de lui dire quand vient le soir, son visage se dessine dans le ciel et les étoiles éclairent ses yeux de mille lueurs était arrivé. Ces soirs où je me disais alors que je n'aurais jamais dû la laisser me quitter, car elle avait emporté avec elle ma sève nourricière, ce qu'il y avait de plus noble et de plus pur en moi. Marie quelle erreur je n'ai pas commise qu'elle aurait su pardonner. Je jetais mon regard dans l'immensité de l'océan et la valse des vagues me rappelait nos soirées où nous dansions sur du Nina Simone, Brel, Raphael et tant d'autres... Elle était partie et mes jours n'avaient plus jamais eu de lendemain.

Elle avait tout pardonné, les soirs où je rentrais ivre comme un Polonais ou complètement *stone* et me lançait dans les litanies toute la nuit. Elle m'écoutait lorsque trop inconscient je lui racontais comment j'usais de manière excessive de tous les plaisirs des sens, notamment ceux de la chair. J'exagérai, je lui menais la vie rude, mais elle restait patiente.

Je lui racontais comment j'avais pris plaisir à abandonner une jeune fille après l'avoir pris dans les toilettes d'un bar. Je ne me rendais pas compte de la douleur que je lui infligeais, mais tout ce qui n'était pas vicieux et vertigineux m'ennuyait. Et je lui expliquais comment cette vie auprès d'elle, ce long fleuve tranquille auquel elle m'astreignait, était rasante pour moi. J'étais libertin et je l'assumais, si elle ne le supportait pas, elle n'avait qu'à partir.

C'est ce qu'elle avait fini par faire.

* * *

Cela faisait une semaine que je sentais le danger et je côtoyais cette pensée que quelque chose de grave allait arriver incessamment et que je n'y échapperai pas. Cette pensée qui me glaçait de plus en plus les sens pesait lourd sur ma conscience. J'avais ce sentiment abstrait et indicible qui me poursuivait et m'obsédait, il se collait à ma peau et la rendait visqueuse. Il ne me quitta jamais cette semaine et remplit l'atmosphère, me la rendant invivable comme de la soude accrochée à l'air, après un incendie. Comme un spectre, il fut là, accompagnant chacun de mes mouvements, pesant sur eux et m'empêchant d'esquisser le moindre geste et d'exécuter les nouvelles lignes de ma vie.

Il était là et ne voulait me quitter.

Quoi que j'aie pu faire, il s'était glissé dans les striures de l'air, dans les failles de ma personne, accablant chacune de mes décisions. Et dire que malgré tout, je n'avais rien voulu comprendre, je dirai même rien voulu voir ou saisir de l'horrible événement qui allait secouer et ébranler les murs de ma vie. C'était écrit partout, mais je n'avais rien vu.

On n'échappe pas à son destin !

Avant j'étais un jeune homme plein d'entrain, de joie de vivre, de drôlerie et de fantaisies. Je voguais sur l'abaque de ma vie me souciant très peu du lendemain. Et malgré ce retour au pays natal, je renfermais encore ce regain d'éternel adolescent. Le feu s'était tempéré, mais il était encore fumant et les braises encore chaudes. J'étais libre, entendez par là, libre de mes mouvements et de mes sentiments. J'étais émotionnellement sans attache depuis la mort de mes parents et le départ de Marie, j'errais donc au gré de mon imagination.

Un jour en revenant de chez ma mère, je ressentis soudain une telle mélancolie que je fus plongé dans un état second. Je remettais tout en question, j'avais eu envie d'aimer et de m'extraire de ce gouffre sans chaleur dans lequel je m'étais enfoui. Je fis demi-tour pour lui parler. Je savais qu'elle me comprendrait et essayerait de trouver avec moi une solution. Je lui dis que je ne voulais pas de rêves. Les rêves étant trop opposés à la réalité. Je voulais la liberté et non pas les amours éternels, je ne voulais pas de questions, ni de dispute et encore moins de fusion. Je voulais d'un peu de légèreté, mais surtout ressentir un peu de tendresse. Pour moi, la profondeur était à rechercher de ce côté-là des choses. Elle me demanda si j'avais commis des folies. J'étais surpris qu'elle me pose cette question, je pensais qu'elle avait deviné que j'avais mené une vie décadente, mais elle continua : « les folies que l'on regrette dans la vie sont celles justement que l'on n'a pas commises alors que la vie nous en donnait l'occasion. Je regrette toutes ces folies auxquelles j'aurai pu m'adonner et dont je n'ai pas eu le courage ni le cran de commettre. De ce fait, il y a comme un goût d'inachevé lorsque je me retourne et que je contemple ma vie passée. Est-ce le courage qui m'a manqué au moment où je pouvais le faire ou n'était-ce pas des erreurs inavouées ou enfouies au fond de moi ? Et que dire du poids social qui telles des chaînes me liaient au sol et m'empêchaient de m'adonner à ces folies. Rien de pervers pourtant ou d'immorales Driss, m'assurat-elle. Paradoxale, mais il en existe. J'ai juste du mal à regarder ma vie dans sa globalité parce que justement j'ai l'impression que ces folies constituent des pans entiers de mon existence. Leur absence donc dans ma vie et dans mes souvenirs crée un vide. Comment peut-on être sûr d'avoir vécu si on ne s'est pas adonné à ces folies. J'ai l'impression de n'avoir pas par le passé assez vécu pour pouvoir apprécier ma vie, mais aussi pour comprendre ta peine et t'aider à mieux vivre. Je suis impuissante devant ta détresse, que je comprends, mais que je suis incapable d'expliquer. Toute la question est de savoir si jamais la vie t'offre d'autres occasions de commettre des folies, aurais-tu le cran de les vivre ? »

Je puis vous assurer que j'étais surpris d'entendre ma mère me parlait ainsi, je la croyais si naïve. Elle avait toujours deviné mon mal-être, elle avait eu connaissance de mes actes, mais jamais je n'avais lu dans son regard de la désapprobation, de la déception encore moins un quelconque jugement de valeur. Ce soir-là, je rentrais chez moi, un peu plus léger que d'habitude. Ma mère m'avait délesté d'un lourd poids. Je remerciais le ciel de l'avoir dans ma vie. Nos conversations me manquent tellement. Elle n'était que sagesse et douceur.

* * *

En rentrant dans ce terminal, les souvenirs remontaient à la surface, souvenirs des temps heureux, des moments de complicité, mais aussi, souvenirs de mes rendez-vous manqués, de mes absences, de tout ce que j'aurais pu vivre avec eux si je n'avais pas été happé par cette vie de débauche à laquelle je m'étais soumis. Je partais retrouver les éléments essentiels à ma survie. Mes retrouvailles avec Séyane furent les plus délicieuses, la petite avait grandi, elle était devenue une très belle femme. Elle avait ce style qui lui seyait tellement bien, elle revendiquait ses sources : elle était africaine et fière de l'être. Ainsi, elle était toujours habillée de pagne qu'elle portait comme toutes les Africaines avec élégance. Je l'admirais, car au contraire des autres femmes de son âge, elle avait le mérite et la grandeur de garder son côté naturel. Elle s'assumait et elle n'en était que belle et désirable.

Je lui avais promis le Musée du Louvre, c'est ce que nous fîmes, elle adorait ces peintres, ce que j'étais loin de comprendre. J'étais d'une réelle inculture concernant la peinture, pour moi c'était juste des couleurs sur tableau et je ne voyais rien d'autre. Elle s'indignait lorsque je lui disais cela. Elle tentait de m'expliquer la beauté des toiles, leur signification tout ce qu'elles renvoyaient comme expression et sentiment. Elle était en extase devant chaque œuvre, et m'épatait à chaque fois avec ses commentaires. Pour moi rien de beau dans ce que je voyais.

« Je ne te parle pas forcément de la beauté au sens propre Driss, mais de l'interprétation de l'artiste. Il a peint ce tableau avec de profonds sentiments et cela transpire une émotion si vivante. »

Je faisais semblant de comprendre le beau et le magnifique dans ce qu'elle m'expliquait pour lui faire plaisir, mais je vous avouerai que je ne saisissais pas grand-chose. Elle était d'une ouverture d'esprit qui m'avait toujours émue. Elle aimait certes l'Afrique, sa culture, ses traditions, il n'en demeurait pas moins qu'elle s'ouvrait au monde. Ainsi, elle avait beaucoup voyagé malgré son jeune âge, elle aimait partir à la découverte du reste du monde me disait-elle. Le Louvre, elle n'avait jamais voulu y aller sans moi. Ce fut donc notre baptême de feu. Après la visite, elle m'amena vers Montmartre symbole d'un mode de vie bohémien, ce quartier où de nombreux artistes comme Picasso ou Manet avaient trouvé leur havre de paix. Après avoir fait le tour du secteur, nous nous étions rendus sur la colline de Montmartre et nous avions visité la Basilique du Sacré-Cœur et l'église Saint-Jean de Montmartre. Ces endroits étaient d'un calme si lourd de sens, qu'on aurait cru que les cœurs pouvaient y communier et les esprits troubles y trouver un certain apaisement. C'est en remontant vers le palais du Louvre que j'aperçus le pont.

— C'est ici que je l'ai rencontrée, lui dis-je.

— Qui ?

— Marie !

— Ah oui, fit-elle un peu gênée.

Ce jour est resté gravé en moi, marqué comme un sceau indélébile. Il faisait beau, c'était par un après- midi d'avril, la chaleur était au rendez-vous dans cette ville où les rayons du soleil ne s'invitaient que très rarement. Ne t'inquiète pas, je vais t'épargner le couplet du : les oiseaux chantaient et les fleurs s'étaient écloses. Trop niais me diras-tu.

Elle me sourit et passa la main sur ma joue.

— Non loin de là, c'est tellement bien de te voir si apaisé, mais continue.

C'était la première fois que je prenais l'initiative de faire le tour des ponts de Paris. Je voulais tous les connaître. L'inspiration m'avait quittée. J'étais sur le pont des arts, me moquant presque de ces amoureux qui viennent ici pour consolider leur amour et le rendre pérenne, nouant des cadenas le long de ce pont. C'était un spectacle assez particulier. Tous ces cadenas qui paraient le pont étaient les témoins indéfectibles des amours reçus et donnés. Comment croire au fait qu'autant de gens se soient aimés ou s'aiment ? Il y en avait des milliers et de toutes les sortes : en forme de cœur, gravés des initiales des amoureux, scellés à tout jamais. Il est d'usage de jeter la clé dans la rivière qui coule sous le pont...

— Pour répondre à l'appel du destin, les amoureux ferment la serrure et jettent ensemble la clef dans l'eau. Comme s'ils jetaient des pièces dans la fontaine de Trévi pour s'affermir de la réalisation de leur bonheur, termina-t-elle.

— Tu l'as déjà fait ?

— Oui, je me suis une fois laissée emporter par les niaiseries de l'amour.

— Mais non, ne dis pas cela, bien au contraire, je trouve que c'est très fort. Les cœurs ainsi unis ne pourront jamais être séparés et aucune personne extérieure à cette union ne trouvera la clé du cœur de l'être aimé.

— Roméo sort de ce corps, me fit-elle, en éclatant de rire. Mon pauvre Driss tu as bien changé. Tu t'assagis ou c'est la vieillesse qui te guette.

— Non, j'ai juste compris ce qui était l'essentiel.

— Je confirme tu as changé ! Fit-elle d'un air ironique.

— On l'avait fait avec Marie un jour, par une douce journée où mes démons m'avaient laissé respirer un instant.

Un moment, je restais silencieux, me remémorant de cette journée. Tout était prétexte à chanter la beauté de Marie : sa démarche si enivrante comme si la vie était perpétuelle défilé et la terre un podium. Marie ne marchait pas, elle volait telle une libellule. Et que dire de sa bouche ? Cette bouche que je voulais qu'elle soit mienne tout le temps, Dieu avait pris le temps de parfaire son corps. Il n'avait délégué la tâche à personne, me disais-je souvent avec le sourire. Même ce nez dont elle se plaignait de temps de temps accentuait encore plus sa beauté. Il fallait un défaut pour la rendre humaine. Elle se mettait devant le miroir et se plaignait d'avoir ce nez. « Les liens du sang, lui disais-je alors, tentant de la réconforter. »

Même si je prenais le temps, je ne l'oublierai cependant jamais. J'avais cru que notre lien serait aussi indestructible que l'acier du cadenas. À cet instant, j'aurai voulu que la promesse qu'elle m'avait faite fût éternelle. Elle m'avait dit qu'elle serait à jamais mienne et que son amour était inaltérable. Je priais avec mon âme que ce fut toujours le cas. Séyane me prit dans ses bras, malgré la gêne qu'elle ressentait. Elle savait à ce moment-là que celle que j'aimais avait refait sa vie, mais elle n'osait pas m'en parler. Elle avait eu peur de tout gâcher.

— Driss pourquoi es-tu revenu ?

— Pour vous voir bien sûr ! Drôle de question. Vous faites partie de ma vie que je sache.

— Nous ou Marie ? Pour qui es-tu réellement revenu ?

— Je te trouve bien dure ? Je vous aime, vous savez, même si je ne l'ai jamais montré et que vous aviez l'impression que je n'en avais que faire. Un seul jour ne s'est couché sans que je ne repense à vous, à ces belles années que j'ai vécues à vos côtés et aux regrets que je nourrissais.

— Et pourtant, tu as disparu, ne donnant plus de nouvelles, comme si on n'avait fait que passer dans ton existence. Tu ne parlais plus qu'à Mahécor, comme si nous autres, on ne comptait plus pour toi. J'en ai souffert, j'ai mis beaucoup de temps à m'en remettre. Je ne comprenais pas que tu puisses me tourner le dos, alors que tu disais que j'étais la petite sœur que tu aurais voulu avoir.

— C'est le cas.

— Tu n'as su causer que du mal. Je n'imagine même pas l'état dans lequel Marie devait se trouver.

— Tu penses qu'elle voudra encore de moi ?

— Je comprendrais qu'elle t'en veuille et qu'elle n'ait pas envie de te parler.

— Toi aussi tu m'en veux.

— Mais non, je ne t'en veux pas, qui peut d'ailleurs t'en vouloir, tu es tellement adorable quand tu fais ces yeux, que personne ne peut te garder rancune.

— J'étais très mal en point, tu sais.

— Je sais.

— Je ne voulais plus que vous assistiez à cette lente déconvenue. Je voulais affronter seul ce qui m'arrivait sans vous causer encore plus de mal.

Mais c'est pour cela qu'on est une famille. On doit être là pour les uns et pour les autres. Sinon à quoi servirait-on ?

— Je ne l'ai compris que bien trop tard et j'ai eu honte de revenir vers vous. Comme tu dis, je n'ai su que semer le mal le long de ma vie.

— Excuse-moi d'avoir été si horrible avec toi.

— Tu as raison. Je n'avais pas à me comporter ainsi. Vous méritiez mieux.

On ne pouvait avoir mieux. On t'avait toi, c'était l'essentiel. Tu nous suffisais, on ne voulait pas de quelqu'un d'autre. Tu nous es essentiel, tu sais, je ne sais pas comment te l'expliquer. On s'inquiétait de ne plus avoir de tes nouvelles. Qui savait où tu pouvais bien te trouver ? Tu avais tellement de fois fais tes valises et voulu partir que l'on se disait, qu'on t'avait perdu à jamais. Comprends-tu ? Tu nous avais habitués à tellement de peine et d'angoisse, qu'on redoutait qu'on nous appelle un jour et qu'on nous dise qu'on ne te reverrait jamais. Driss, on t'aime tellement, Mahécor essayait de nous rassurer, mais on voulait des preuves, on en avait besoin. Lorsque tu as appelé pour dire que tu venais nous voir, on n'y croyait pas. On s'est tous retrouvés pour en parler, on ne savait pas comment on devait se comporter après tant d'années.

— Je me suis retrouvé dans l'œil du cyclone, je me suis perdu encore et encore, dans cette vie qui n'était pas mienne. Des tourments qui me saignaient me rappelaient les nuits d'insomnie que j'ai passées la main de Marie dans la mienne tentant de me rassurer. Loin de faire son apologie, je reconnais que lorsque je n'arrivais pas à quitter ce labyrinthe de sortilèges et connaître la fin de cette lente agonie, elle était toujours là, vous étiez toujours là !

* * *

Sur la route menant chez Marie, je me posais mille et une questions : et si elle ne me reconnaissait pas j'avais changé, j'étais devenu un homme et m'habillait par rapport aux exigences de mon métier. Et si elle ne m'aimait plus, et si elle ne voulait plus de moi - ce qui était le plus probable - ? Elle me demanderait peut-être de sortir de chez elle et me jetterait comme un malpropre.

Mes amis n'avaient voulu rien me dire, Mahécor leur avait interdit de me parler de Marie. J'avais senti un profond malaise les gagner lorsque j'avais demandé de ses nouvelles, mais ils m'avaient juste affirmé qu'elle allait bien et qu'elle avait beaucoup changé. Hormis Mahécor, les autres n'avaient plus de nouvelles. À ce moment-là, je n'aurais jamais pu imaginer ce qui m'attendait. Je passais par le pont de Mirabeau, celui- là même sur lequel nous nous étions rencontrés la première fois.

Cette fois-ci, je ne faisais pas attention à mon environnement, j'avais un but que je devais atteindre et j'y courrais, le cœur plein d'espoir : espoir d'une nouvelle vie, de lendemains meilleurs, de lendemains avec Marie, lui tenant la main à nouveau, pour ne plus jamais la laisser.

Lorsque, au pied de son immeuble, je l'aperçus avec deux magnifiques enfants et plus rayonnante que jamais, je pensais que sa grande sœur, qui habitait non loin de là, avait dû lui confier la garde de ses enfants, elle le faisait déjà souvent à l'époque. Une fois par semaine, sa fille était avec nous.

Plusieurs fois, on nous demandait si elle était la nôtre et moi, pauvre idiot, je répondais « oh que non ! » Je donnerai tout aujourd'hui pour qu'elle porte mon enfant, car même si je ne m'en rendais compte que maintenant, je savais que c'était elle qui devait être la mère de mes enfants et l'amour de ma vie. Elle ne me vit pas tout de suite et quand je l'appelai, elle se figea, comme si une voix d'outre-tombe venait de prononcer son prénom. Elle se retourna avec d'infinies précautions, j'eus l'impression qu'elle priait pour que ça ne soit pas moi et qu'elle se trompait. Je fis pourtant taire cette impression et mu par l'absolu désir de la tenir à nouveau, je la pris dans mes bras.

Mes bras, pensai-je, avaient été créés pour elle, son corps se moulait parfaitement au mien. Je l'enlaçai encore plus. Posa un bras sur sa nuque et l'autre au creux de ses reins. Comme elle m'avait manqué. Elle sentait très bon, mélange de cannelle et de rose du matin, je la reniflai avec gourmandise, pour m'imprégner de cette odeur.

Mais…elle ne répondit pas à mon étreinte et finit par s'y ôter.

— Bonjour, fit-elle un peu gênée.

— Marie ! C'est moi, Driss.

— Oui je sais, je t'ai reconnu.

Le ton qu'elle employa me fit tout de suite comprendre que quelque chose n'allait pas. L'avais-je donc perdu à jamais ?

— Je voulais te faire une surprise, tentai-je de lui dire.

C'est gentil d'avoir pensé à moi après tant d'années. Je vois que tu vas bien. On ne va pas rester là, entre. Je

te présente Lat et Sabel. Dites bonjour chéris !

Bonjour firent les jumeaux en cœur ! C'est qui Maman ?

— Euh… un ami Sabel. Elle venait de dire Maman ! Maman !

J'en eus le souffle coupé. Je ne pouvais y croire, je n'osais admettre ce que je venais d'ouïr.

Ma Marie ! Mère !

Mon monde s'effondra, mes espoirs s'envolèrent, une vague de tristesse incommensurable m'envahit et me jeta au plus profond de la déprime, une lave incandescente de tristesse me gagna après le choc que je venais de subir. Une douleur fulgurante traversa ma tête et j'eus une baisse brutale de ma vision. Je dus m'accrocher à la porte pour ne pas tomber. Le coup avait été brutal.

L'aphasie totale !

— Je ne comprends pas bien, la petite vient de dire maman ?

Je devenais soudain bègue.

— Rentre, on sera mieux à

l'intérieur. Déjà, je ne l'entendais

plus.

— Driss, tu m'entends, est-ce que ça va ?

Je tentai de revenir à moi, incapable de m'extraire de cette bulle de brume.

— Oui, bredouillai-je.

Ma tête me cognait de plus en plus, je fus comme atrophié de mon côté gauche et mes jambes s'engourdirent. Je reprenais vite mes esprits tentant de garder une certaine contenance.

Ne pas flancher.

Je me répétais cette phrase en tête.

— Réponds-moi s'il te plaît. Tu es leur mère ?

— Allez dans votre chambre les chéris, Maman doit discuter avec Driss.

Je commençais à devenir fou dans cet endroit. Un autre homme avait posé ses mains sur ma Marie. Sacrilège me suis-je dit ! Qui avait osé profaner ce corps à la soie de velours qui était mien ?

— Tu veux boire quelque chose ?

— Non ! Je ne veux rien boire, hurlai-je. Je veux juste que tu me dises que ceci n'est qu'un mauvais rêve et que ces enfants ne sont pas tiens.

— Oh arrête-moi ça de suite Idrissa Malaye ! Tu n'as pas le droit de parler ainsi de Mes enfants. Tu te prends pour qui ? Tu me dis ? Tu rentres sans donner de nouvelles, tu reviens cinq ans plus tard et tu voudrais que rien n'ait jamais changé. Je devais t'attendre et pourquoi pas dans un couvent ou chez les moines, loin de tout.

— Cinq ans ?

De son monologue, je n'avais retenu que cela.

Oui, cinq ans ! Je t'ai attendu cinq ans. Cinq longues années pendant lesquelles, tu n'as pas daigné me donner de tes nouvelles. Ce qui m'aurait permis de tenir. L'espoir de te retrouver comme aujourd'hui devant ma porte et me disant que tu ne pouvais vivre sans moi.

— Mais je ne peux vivre sans toi…

— Trop tard ! Ces mots, tu aurais dû les prononcer bien avant. Tu te rends compte, je n'ai pas osé déménager, je suis restée dans cet appartement où l'on s'est aimés, j'ai attendu que tu reviennes. Lorsque, j'ai su que tu ne le ferais pas, je me suis résolue à accepter que quelqu'un d'autre m'aime. Birane n'est certes pas parfait, mais il est là quand j'ai besoin de lui et je suis sure de son amour.

— Je ne t'ai jamais quittée, j'ai toujours été là à tes côtés, tu ne t'étais juste jamais retournée.

— Balivernes. Tu m'as bel et bien quittée. Tu étais certes à mes côtés, mais ton âme n'a jamais été avec moi. Tu as refusé de m'aimer. J'ai tenté de te comprendre, je me suis même sentie coupable. Peut-être que je t'aimais mal ou pas assez, me suis-je convaincue. Je me suis posée des millions de questions. Une seule réponse revenait : tu cherchais ce que je ne pouvais t'offrir...

— Tu es tout ce dont j'ai besoin. Elle se tut.

— Je suis désolé de t'avoir infligé autant de mal, reprit-il. Me pardonneras-tu un jour ? Je t'aimais, mais quelque chose de malsain obstruait ma vision et m'empêchait de te le montrer.

« Lorsque tu es partie mon monde s'est écroulé, mais je me disais que je ne méritais pas autant de sollicitude de ta part. Tu étais tellement pure que je ne voulais te souiller. Tout en toi n'était que lumière. Tu rentrais dans un lieu, les gens se retournaient et s'animaient.

Tu avais un sourire pour chacun. À côté de tellement de bienveillance, mes failles ressortaient un peu plus tous les jours. Et toujours, cette petite voix qui me répétait que je ne te méritais pas et que je devais m'en aller avant qu'il ne soit trop tard. Tu étais dépourvue de haine et de peur. Tu étais sure de toi et tu étais surtout vivante. Tout ce que je n'étais pas. »

Un moment passa sans qu'aucun de nous ne parlât. C'est là que je me rendis compte que je l'avais perdue...

— Je ne t'en ai jamais voulu.

— Je suis désolé d'avoir débarqué ainsi chez toi. Tu aurais dû refaire ta vie bien avant ces cinq ans.

— J'avais promis…

— … Et tu as toujours su tenir tes promesses. Je m'en souviens.

C'est à ce moment qu'elle me regardera pour la première fois et me sourit. Son regard vint encore plus m'infliger une douleur indicible. Ce regard cristallin, dans lequel je m'étais perdu tant de fois, était recouvert d'un voile. Un voile de tristesse. Honte sur moi. Comment avais-je pu causer autant de mal et espérer revenir et la savoir encore là à m'attendre ? Je ne méritais pas son amour. Je ne l'avais d'ailleurs jamais mérité. Elle était la dernière à qui je voulais causer du tort et je sais que je l'avais profondément blessée. J'étais à ce moment-là si épuisé.

Elle était mariée maintenant et avait des enfants : je regardais les jumeaux courir et lui ressembler tellement, ils auraient dû être miens. Sabel était la copie conforme de Marie. Elle s'était promise de m'attendre cinq ans avant de refaire sa vie. Et comme je n'étais pas revenu, elle avait tenté de se reconstruire auprès de ce journaliste qui n'était presque jamais là.

Elle n'osait me regarder, je sus qu'elle m'aimait encore, mais tentait de se préserver. Aujourd'hui, c'est elle qui baissait la tête, lorsque je m'évertuais de me perdre dans l'immensité de ses yeux lumineux.

Ma Marie, partie à jamais.

— Je dois partir.

Voilà, c'était fini.

J'avais pourtant préparé un beau discours devant le miroir, une proclamation, bon appelez-le comme vous voulez. Le fait est que, croyant que j'allais la retrouver et enfin lui avouer ce que j'avais enfoui au plus profond de moi toutes ces années, je voulais juste lui dire que : « Marie tu habites mes pensées, je ne cesse de penser à toi. Dès que, je me réveille où que je me retrouve seul avec moi-même, je pense à toi. Tu arrives même à t'immiscer dans mes pensées quand je prie, ce qui m'ébranle de plus en plus. Dès que je te vois mes doutes se liquéfient, je souris, m'égaye et m'ouvre pour recevoir et accueillir en moi la vie telle une rose au lever du soleil. Mais dès que ces pensées me quittent, mes doutes m'assaillent et me renvoient à ma peine. Marie. Quand je prononce ton prénom, je le fais avec amour et douceur, je m'imagine toi dans mon cœur, toi te muant et devenant mon cœur. Je t'avais cherchée partout, j'ai regardé tout autour de moi dans l'espoir de te rencontrer. Savais-tu que je t'avais aimée bien avant même qu'on se rencontre et que malgré la distance, je m'endors dans tes bras et me réveille au son de ta voix ? Dans tes bras, j'ai su rêver à un monde meilleur, dans tes yeux, j'ai pu me perdre. Je n'aurai aucun regret, car le pire je pense, aurait été de ne jamais avoir eu à te rencontrer. Mais j'ai très mal mon cœur ! Si tu savais comme j'ai peur de te perdre et combien j'ai peur que ça ne soit trop tard. J'aurai alors un goût d'inachevé au cœur. Rien qu'à l'idée de te perdre, j'en suffoque et la tête me cogne durement. Je n'ai pas peur que tu te refuses à moi, car je t'aurai aimée au-delà de ce que mon cœur peut donner. »

J'aurais aimé lui dire ces mots, mais quand j'ai vu les jumeaux, j'ai été incapable de me souvenir. J'étais dérouté sachant que je l'avais perdue à jamais.

* * *

Je sortis de cet endroit hagard et errai dans les rues, jusqu'à la tombée de la nuit. Je me sentais de plus en plus mal. Ma tête se meurtrissait encore plus, ma poitrine me serrait et les fourmillements dans mon bras gauche étaient revenus. Le traumatisme émotionnel, pensai-je. Je décidai de rentrer à l'hôtel afin de me remettre de cette désillusion. Je ne savais pas à cet instant que ce coucher de soleil se jetant dans la mer, et d'une beauté majestueuse serait peut-être, la dernière de mon existence.

Mais quand on a raté le virage de l'amour, à quoi bon vouloir faire demi-tour ? Quand la vie nous a déjà donné une chance et qu'on a été incapable de la saisir, pourquoi alors formuler des regrets ? Il était minuit au dehors, aucun bruit, le noir complet avait gagné la jetée, on n'entendait que le sourd bruit de la mer, le silence m'avait envahi. Plus qu'un soir de blues, la nuit du doute venait de s'installer. Le bonheur semblait se tenir loin et me narguer. Je voyais ses yeux pétillants de malice et de mesquinerie. L'amour se retrouvera-t-il un jour alors que, j'ai osé lui tourner le dos autrefois ? Un nœud s'était formé alors autour de mon cœur et le désespoir créait un trouble que je n'avais jamais alors ressenti. Je me retournais et ne voyais personne alors que je ressentais un besoin impérieux d'étreinte pour rallumer la lumière éteinte. Je fus bien tenté d'appeler Mahécor, mais je me résolus à ne pas le déranger. En plus, je lui en voulais, je leur en voulais à tous de m'avoir tu que Marie avait trouvé du réconfort dans les bras d'un autre homme.

La colère gronda en moi.

En cette nuit, rien ne me soulageait, pas même ce regain de courage, mon cœur me dictait de ne pas m'en tenir là, de retourner chez elle, quitte à commettre un rapt, mais ma raison me mit l'image des jumeaux en tête et je sus que je serai incapable d'être l'instigateur de l'instabilité de leur foyer. Mon amour avait sommeillé pendant cinq longues années en moi et n'attendait qu'à fleurir et offrir à la voûte céleste toute sa brillance et sa splendeur adamantine.

Marie envolée à jamais.

Mon cœur se refusait à cela. Je ne connaîtrais plus jamais me dis-je, la paix et ce vide qui se faisait dans mon cœur serait à jamais le témoin inflexible des ruines de ma vie. Pendant longtemps, je m'étais demandé si c'était donc si dur de trouver cette personne qui saurait voir en mes défauts des qualités, celle qui saurait m'aimer comme je le méritais et non pas comme elle le déciderait ? Mais plus encore, où se trouvait donc celle qui saurait appuyer pour moi sur le bouton supprimer l'historique de ma mémoire pour m'offrir une autre vie, alors que ma tristesse sent la morue et que la peine me sourit, s'esclaffe et me met en exergue le spectacle de mon désenchantement, et que mon cœur se vide et se frigorifie.

Alors que j'étais face à moi-même, l'envie me prenait de faire demi-tour et d'emprunter ce virage, mais j'ignorais si je retrouverai les mêmes sensations, la même folie enivrante, les promesses inventées et susurrées à l'oreille, les confidences au clair de lune, les silences plongés dans la contemplation des remous de la mer, alors que celle qui me faisait passer par cette pléthore de sentiments et de sensations ne reviendrait plus. Le chagrin de nos adieux remontait à la surface et laissait une trace imparfaite dans l'esquisse de cet amour au-delà du temps et des normes.

Je décidais ainsi que je n'avais plus rien à faire là-bas. Anéanti et à jamais isolé dans ce désert affectif, j'irai m'enterrer chez moi. Je me marierai peut-être, un jour, j'essaierai d'avoir le sosie de Marie pour que ce zeste d'amertume qui me reste à la bouche soit un peu atténué.

J'étais alors effondré, mais je ne croyais pas que cette nuit aurait pu être la dernière de mon existence. Lorsque la fille de Marie l'avait appelé Maman, la déception et le choc avaient été tellement grands que j'avais fait un AVC, alors que je n'avais que trente ans.

Je fis mine de courir, mais ne put esquisser le moindre mouvement. Dans mon esprit, je me repassais le film de ma vie, tentant en vain d'échapper à cette débandade à laquelle j'assistais, impuissant. Mes mains retombèrent comme un portefaix, même l'air que je tentais d'attraper devenait soudain trop lourd. Ma tête devint très lourde, le sang afflua à mes tempes, ma respiration devint saccader et les fourmillements que je ressentais s'intensifièrent. Mes jambes trop faibles venaient de me lâcher.

Je m'affalais sur mon lit incapable de proférer mots. Je me revis petit, me promenant sur la plage tenant la main de ma mère et de mon père, je me revis heureux de vivre et encore ignorant de la tournure qu'allait prendre ma vie, je revis le sourire de ma mère, sentis à nouveau ses tendres bras, mais aussi ses caresses. Je repensai au regard chaleureux de mon père, aux moments passés avec lui, à nos parties de pêche, au temps qu'il consacra à m'apprendre la religion, aux préceptes qu'il mit à ma disposition, et bien sûr le regard de chacun de mes amis défila. Je me rendis compte qu'ils étaient souvent tristes face à ce mécompte que je m'infligeais.

Le visage de Marie vint clore ce ballet d'une virtuosité imprenable. D'elle, ne se dégagea que de la bienveillance et une doucereuse lumière... Puis plus rien !

Le ciel commençait à revêtir sa robe parsemée d'or et se parer de ses plus beaux atours, de ma fenêtre, je pouvais apercevoir, les rayons chaleureux du lever du soleil dessinaient des formes géométriques sur les murs de ma chambre. La mer m'offrait à ce moment-là une valse à quatre temps.

Le lever du soleil était en effet insolemment beau ce jour-là.

Un jour trop beau pour mourir, me dis-je pour me rassurer.

Le souffle de la mer vint me caresser le visage, je fermais les yeux afin de mieux savourer les derniers instants, offrandes faites par la vie.

Ai-je pensé à lutter ?

Je vous avouerai que non. Marie irrécupérable, mes parents partis pour ne jamais revenir, je n'avais plus rien à faire sur cette terre. Pour vivre, il faut avoir un but et une motivation, je n'en trouvais plus. Je décidai de ne point lutter.

Je ne pouvais me résoudre à vivre, si vivre signifiait sans elle. J'ai pu me remettre de la mort de mes parents, mais je ne pourrai jamais guérir de Marie. Non, le monde était bien trop cruel pour me convaincre de continuer sans elle. Et plus j'y pensais, plus je me disais que ce serait injuste de vivre avec une autre, de la sentir, la tenir dans mes bras, l'embrasser, faire mine de l'aimer, sachant qu'à chaque seconde de mon existence, je penserai à Marie.

La vie n'aurait plus de sens si je ne devais pas me réveiller au milieu de la nuit pour regarder mon ange dormir. Elle était encore plus belle quand elle dormait, vous l'avais-je déjà dit ?

Mon bien-aimé, ma dame de cœur, pourquoi tant de peine ? Pourquoi n'ai-je pas pu être avec toi et t'aimer comme tu le méritais, avais-je alors pensé. Mon étoile céleste, ma joie extatique, ma lumière bénite, ma perle précieuse des îles, comment ai-je pu être aussi dépourvu de pitié et te causer autant de tourments ? J'aurais dû avoir ces pensées si affligeantes avant, maintenant que je l'avais perdue à jamais, je n'avais pas le droit d'avoir des regrets, je n'aurais jamais dû la laisser partir.

Je savais tout cela.

Tout le monde a droit à une seconde chance, j'en ai eu plus que les autres, mais j'avais espéré retrouver Marie, comme j'avais reconquis mes amis. J'étais resté longtemps sans avoir de leurs nouvelles, mais lorsqu'on s'était revus, le temps était devenu si négligent, comme si on venait juste de se quitter la veille.

Cette sensation d'être entouré par des gens qui nous aiment, la certitude d'être aimé malgré nos défauts et erreurs du passé, cette étincelle rallumée dans leurs yeux m'avaient remis d'aplomb et persuadé du fait que j'avais eu raison de faire ce voyage. Dès lors, il ne me restait plus qu'à aller me racheter auprès de ma nymphe afin de me revigorer et de respirer à nouveau. En effet, ne l'ayant pas vue depuis que j'étais arrivé, je sentais qu'il me manquait quelque chose, je trépignais, impatient de la retrouver et de lui dire combien je l'aimais et combien elle me manquait. Je l'aimais bien plus haut que le ciel, bien plus fort que l'ensemble des étoiles et bien plus lumineux que la lune.

Pris entre ces quatre murailles, privé de ma liberté et de ma faculté à courir, j'ai capitulé. J'avais donc si péché que là-haut, il m'avait préparé cette mort. Mais alors, s'il est vrai que notre destin est déjà écrit et qu'il serait vain de lutter afin de changer la nature de celui-ci, pourquoi avoir mis sur mon chemin tortueux Marie ? S'ils savaient que j'allais rencontrer autant de douceur, pourquoi avoir fait de moi cet être infâme qui n'aura à la fin que juste fait du mal à cette fleur pure du désert ? S'ils savaient qu'elle ne serait jamais la reine de mon royaume et ma dame de cœur, pourquoi l'avoir introduite dans ma misérable vie ? Pour que je me rende compte du goût que le bonheur pourrait avoir ou pour que je me délecte de ces instants et que je sois plongé à tout jamais dans le plus grand des abîmes ?

Quelle cruauté !

Adieu mes amis, Adieu ma Marie m'étais-je dit, je tourne le dos à cette terre qui m'a gorgé de bonheur, mais qui m'a retiré ce qu'il y avait de meilleur, me privant ainsi de ce qui constituait l'essence d'une existence.

Je ne pleurai pas.

À quoi bon, si l'espoir d'une vie avec elle m'avait quitté.

Peu m'importait d'ailleurs, qu'il y ait une vie ou non après la mort. Je l'avais perdue, je ne la reverrai plus. Que ferai-je d'une vie après la mort si elle n'est pas là ? Je ne me serais plus jamais réveillé avec son souffle me caressant le cou, l'horizon d'une nouvelle vie avec elle se dissipant peu à peu pour ne plus exister.

Vous savez quoi, cette mort, au final, je l'avais souhaitée et attendue, je me suis réjoui quand j'ai compris ce qui m'arrivait. Je n'ai pas tenté d'appeler le room service ou les secours. Oui,car je ne trouvais plus rien à faire dans ce monde qui me paraissait soudain terne et monotone, cette terre qui m'avait tant plu autrefois et qui fût l'objet de ma curiosité, la scrutant et la scandant tout le long que dura ma passion pour les mots.

Et d'ailleurs à ce propos, quand je suis retourné au pays, j'ai été comme desséché, vous savez comme un fleuve qui voit l'eau qui l'a longtemps habité et lavé des épreuves de la vie se retirer peu à peu pour ne plus jamais le couvrir telle une robe de pureté. L'inspiration m'avait quitté, les mots qui avaient longtemps plu dans ma tête, et dont mon cœur était le réceptacle étanche, s'asséchèrent. Je ne trouvai ni en la nature ni aux hommes, l'illumination pour écrire. Mon cœur et mon cerveau avaient fini par se flétrir et ne me donnaient plus ce que mes doigts attendaient et réclamaient tel un enfant des rues en quête de subsistance.

Les mots me quittèrent dès lors, ma tête carrefour de mes émotions se vida, mon âme n'était plus irriguée. Elle ne fut plus à mon retour le refuge paisible qu'elle avait été. Elle s'emmura dans un silence si lourd de reproches que je me sentais dériver de plus en plus. Le vent qui faisait que ma muse se balançait telle sur une mélodie avait cessé de s'engouffrer dans les failles de ma vie. Plus rien n'attisait la flamme. Je n'étais juste plus habité par ce monstre qui me faisait écrire, des nuits, des jours entiers, sans penser à manger ni même à prendre de pause. À mon retour, j'étais devenu muet, comme si l'inspiration m'avait tiré sa dernière révérence. Toutes les litanies que je lui récitai, ne firent aucun effet, les mots m'avaient fui comme Marie, eux que je pensais plus fidèles et plus dévoués.

Mais le jour de ma crise cardiaque, j'avais eu besoin de dire, de faire état de ce qui était violent en moi, de ce qui était triste et ravageant dans mon âme et que je n'aurai plus jamais l'occasion d'écrire. Je n'avais pas ainsi imaginé la fin de ma vie, mais au final, n'est- ce pas la meilleure des fins. Je me suis donc résolu à prendre un crayon et à écrire.

Mon cœur était bien loin de s'imaginer que dans mon esprit tout s'était tu. Malgré l'angoisse et la terreur qu'elle avait suscitées en moi, la torture qu'elle pensait m'infliger, après ce que je venais de vivre, j'avais en moi assez de folie pour faire renaître la flamme et trouver de quoi tarir l'encrier de ma vie.

Ici, en cette terre, écrivais-je, ne seront oubliés ma souffrance, mes supplices, je venais de tout retranscrire tout, afin que l'humanité soit marquée du sceau de ma tristesse. Oui, mon égocentrisme refaisait surface, mais j'en avais besoin.

J'étais venu chercher l'amour, et voilà que je partais sans, aussi vide de sentiments de l'intérieur que de l'extérieur. Mon âme était donc disposée à mourir au lieu d'errer dans le cimetière des étoiles.

Un journal de souffrance ? Non. Je n'aurais jamais pu tremper ma plume pour décrire ma souffrance. J'avais passé tellement d'heures à essayer de faire le tour, que j'avais raté ma vie. Occupé à me chercher ou plutôt à me sonder, je ne me suis pas rendu compte que ce qui faisait mon bonheur était juste à mes côtés et que j'avais échoué dans cette quête. Me chercher jusqu'à finir par me perdre, voilà ce qui m'était arrivé, mais en plus de m'être égaré dans ma pérégrination, j'avais oublié de m'aimer afin de pouvoir aimer les autres. Je voulais me convaincre avant de pouvoir convaincre les autres. Mais j'avais échoué.

Et lorsque je me suis rendu compte de cela, c'était bien trop tard.

Ai-je alors pensé à prier ?

J'étais trop absorbé par la contemplation de ma vie pour prier. Et puis n'était-ce pas trop tard ? Le temps des prières comme celui des regrets était révolu. Je sus juste qu'à ce moment-là, le tumulte cessa dans mon esprit. Je sus juste que c'était la fin d'une époque.

Et clairement, le moment décisif prit place. Une explosion se fit dans ma tête, souleva un prisme de poussière d'étoiles. La peur qui me saisissait au début me quitta précipitamment, laissant la place à un sentiment de liberté. Libéré de mes démons, de mes fautes et de ma culpabilité. Ce qui fit jaillir en moi de l'espérance, l'espoir d'une nouvelle vie, plus paisible que celle que j'aurai vécue ici-bas. J'attendis alors, la dernière scène de la mort comme on attend la délivrance ou même les signes de la renaissance.

J'imaginais déjà ce qu'ils écriraient sur ma tombe : ici repose Idrissa Malaye, tombé au champ de l'amour.

Je mourrai donc d'amour, car oui, il y a encore des idiots qui se meurent d'amour ou plutôt du désespoir de savoir que l'amour ne se retrouvera plus jamais. Driss se tut un instant pour reprendre son souffle.

— Et alors ?

— Alors quoi, fit Driss en se tournant vers Kadhi ?

— Bah la suite voyons ! Tu n'es pas mort, elle t'a rejeté ça je sais, mais pourquoi tu es là aujourd'hui ?

Driss sourit à Kadhi, il l'aimait bien finalement. Elle lui rappelait un peu Séyane dans sa maladresse.

* * *

Voilà.... L'amour renaît où il veut et leur amour ne verrait plus jamais le jour.

Cinq ans après, c'est tout ce que j'avais pu lui dire, pensa Marie. Par crainte de laisser mon cœur parler, et me perdre encore, j'ai prétendu être heureuse avec Birane et que lui n'avait plus aucune place dans ma vie. Pendant longtemps, je me suis convaincue du fait que je ne l'aimais plus, et que j'avais tiré un trait sur notre histoire. Mais, le simple fait de l'avoir revu avait ravivé la flamme. Comment pourrai-je maintenant vivre comme s'il n'était jamais revenu ?

Lorsqu'il me prit dans ses bras, j'aurais voulu me laisser à cette étreinte, j'en avais tellement rêvé. Le fait d'avoir senti à nouveau son parfum avait réveillé en moi des souvenirs. C'était encore mieux que dans mon imagination. L'espace d'une seconde, je m'étais retrouvée dix années plus tôt. Je nous revis jeune et amoureux, flânant dans les villes à la recherche de notre histoire. Heureux de vivre et de s'aimer. Puis, je nous ai revus commençant à nous détacher, les disputes devenant de plus en plus régulières et violentes.

Le son de sa voix m'avait plongé dans un état proche du choc émotionnel. Tout en moi s'était mû en chaos. Dans ses bras, j'ai cru chavirer. Je me suis résolue à me concentrer sur les enfants afin de refuser de répondre à cet élan de tendresse que j'avais tant rêvé. Comment deux personnes qui s'aiment peuvent-elles avoir autant mal, m'étais-je demandée ? Pourquoi ce nœud au cœur, cette envie de pleurer constamment et de se jeter sous un pont alors qu'il n'y avait que quelque 5217 kilomètres qui nous séparaient ? Qui disait encore qu'on peut vivre et s'aimer pour l'éternité ? Comment pouvais-je vivre juste là, le sachant loin de moi, ignorant ce qu'il faisait, comment il passait ses journées, comment il se portait ?

« La où on s'aime, il ne fait, jamais nuit » j'avais lu cette citation ce matin.

Des conneries !

Je l'aimais, je n'avais de cœur que pour lui, il était mon âme sœur, celui qui me complétait, mon autre moi, mais le voyant partir, je n'avais pas tenté de le retenir. Notre compatibilité avait été parfaite, et plus jamais je n'avais vécu cela à nouveau.

Je lui apportais la stabilité dont il avait besoin,

il avait amené dans ma vie ce grain de folie qui lui manquait. La mort dans l'âme, je m'étais sentie perdue sans lui. J'avais la joie de vivre, on disait de moi que j'étais douce, lui était sombre à des moments, souriait peu, mais avait un grand cœur. Sa nature très calme m'apaisait et à ses côtés, je poussais un peu plus loin la réflexion. Il bouleversait mes certitudes, me poussait à me poser des questions, à remettre en cause ce que je croyais maîtriser.

Marie était perdue dans ses pensées...

Son ciel s'était éteint il y avait bien longtemps, la lumière, elle l'avait perdue en même temps qu'elle avait un jour pris la décision de le quitter, et c'est avec tristesse qu'elle s'était rendue compte qu'elle ne sortirait plus jamais de ces nuits ténébreuses. Si comme dans le « banquet » de Platon, les êtres humains étaient constitués normalement, mais avec une tête à deux visages, cette tête coupée en deux, condamnant ainsi les amants célestes à passer leur existence à rechercher leur part manquante, elle avait trouvé cette part manquante en Driss, même s'il ne s'en était pas rendu compte. Elle avait arrêté de chercher.

« Tu me manques et j'en souffre, aurait-elle voulu lui dire. »

C'était comme une plaie qui saignait, qui lui faisait mal et qui refusait de guérir. Une douleur qui lui rappelait son absence à chaque fois qu'elle assistait à un coucher de soleil sans lui. Cette indicible douleur au point que se souvenir de Driss devenait un poison pour sa conscience et son âme. Quant aux résurrections du passé qui tantôt l'amenaient vers des souvenirs qui lui faisaient accéder à leur intimité d'antan, tantôt vers ces jours sombres où il lui injectait cette douleur pernicieuse, elle se refusait à y remettre pieds.

« Driss pourquoi m'as-tu abandonnée, tu as baissé les bras, notre amour ne valait-il pas la peine de te battre contre toi-même ? »

Son départ l'avait mise en colère contre lui pendant plusieurs années. Le choc passé, elle n'avait pas compris son attitude. Partir sans remords et sans se retourner.

Elle avait été tentée de lui courir après. Il ne devait pas non plus se sentir bien. Il avait fait tout ce voyage pour lui dire combien il regrettait, et elle n'avait pu rien faire pour lui. Elle ne lui avait même pas adressé un regard. Comment donc avait-elle pu être aussi cruelle ? Chaque seconde, de ces cinq années qui avaient passé sans avoir de ses nouvelles, était comme si on lui retirait un pansement collé aux poils de sa peau doucement, mais avec délectation, ce qui l'avait plongée dans un gouffre de tourments. Ce mal ne la quittait jamais. Elle se levait avec cette peine au cœur, et se couchait avec.

Éternel compagnon ! Elle avait cru qu'après toutes ces années, les blessures avaient guéri et les angoisses annihilées, mais lorsque le son de sa voix transperça et traversa tout son corps, elle avait compris que même s'il n'y avait plus de traces de blessures, la colère et la tristesse étaient encore là. Elle était encore plus incapable aujourd'hui de savoir comment affronter cette peine ou même juste comment vivre avec elle. Elle ne se remettrait donc jamais de cet amour. D'ailleurs, le voulait-elle vraiment ? N'était-ce pas cela qui l'avait maintenue en vie durant toutes ces années ? Il lui avait tout pris, son essence, sa lumière, sa joie de vivre... sa vie tout simplement. Elle savait à peine faire semblant et ça, Birane l'avait compris. Dès qu'il avait posé la première fois les yeux sur elle, voyant que sa vie était comme figée.

Pendant cinq longues années, elle avait essayé de sourire, de faire face, de répondre aux attentes des autres. Elle avait ainsi vécu dans l'espoir d'avoir un geste de sa part, de le voir arriver en courant et lui dire combien il l'aimait et combien il regrettait de l'avoir laissée partir.

Elle avait attendu cette délivrance avec tellement de désespoir... en vain.

Il n'avait jamais esquissé ce geste qui les aurait tous les deux sortis de l'enfer et enfin libéré du joug de la souffrance. C'était de sa faute à lui, si elle avait été incapable de recevoir le moindre sentiment sans se poser des questions et sans hésiter à y répondre. Du plus profond de son âme, elle avait aimé.

Elle l'avait aimé et désiré d'une telle force qu'elle aurait été capable d'arracher une forêt de pins tout entière et aurait pu juste par la force de cet amour déplacer les Pyrénées. Elle était alors libre, heureuse, épanouie.

Driss, elle l'avait aimé à en perdre la raison et toute notion de temps, la sagesse et la raison l'avaient quittée dès qu'elle avait posé son regard sur lui sur ce pont et elle avait été emportée.

« Je ne lui aurai alors sans doute pas répondu quand il s'était adressé à moi et n'aurait pas accepté de prendre un verre avec lui. Après m'être dévouée à notre amour et m'être investie afin que ce qui nous liait aboutisse et

178

qu'on soit tous les deux heureux de vivre ensemble, qu'avais-je eu en retour ?

L'abandon ! »

Les saisons passées, la douleur persistait. Ses étés étaient étouffants de douleur, ses hivers rudes et gris, ses printemps loin d'être fleuris, quant à ses automnes la chute des feuilles reflétait aisément l'état de son âme. Abandonnée à elle-même, elle s'était sentie partir. Elle en avait encore des nausées. Pendant toutes ces années passées avec lui, elle s'était laissée porter par l'insouciance, c'était d'une douceur inouïe. Tendre et légère à la fois, assez mélodieuse des fois. Elle pensait alors pouvoir trouver aux côtés de Driss, cette insouciance et cette gravité qui lui faisaient défaut.

Il était sensible, et touchant, son côté artistique l'avait séduite, mais elle avait vite compris qu'il était loin d'être stable, et il se demandait souvent pourquoi il menait une telle existence. Il avait cette personnalité borderline et le génie grondait en lui. Un don de Dieu. Cependant, ce génie faisait qu'il était d'une émotivité à toute épreuve proche d'une certaine défaillance. Il éclatait souvent en sanglots, était d'une nature angoissée, mais il la touchait tellement. Elle ne pouvait expliquer ce fait, elle avait des frissons, lorsqu'elle se perdait dans son regard. Elle n'y lisait que de la souffrance et une certaine incapacité à pouvoir expliquer sa cause. Décidés à vivre autrement, ils avaient cherché ensemble à le guérir.

Elle avait compris qu'elle serait incapable de vivre dans une relation aussi chaotique, mais elle était amoureuse et croyait donc pouvoir l'aider.

C'était son malheur.

Son côté brisé par la vie la poussait à vouloir le soutenir. Elle avait fini par se convaincre qu'elle pouvait le guérir, et que sa mission sur cette terre était de l'aimer et de l'épauler.

« Quelle naïveté ! »

***

Elle avait voulu le changer, il avait pris peur. Ne pouvant renoncer à sa personnalité, il avait donc fui. Il n'était pas lâche, il était juste malheureux et il souffrait réellement de cette situation. Il pouvait aimer un jour et détester le jour d'après, se mettre dans des états d'une tristesse si disproportionnée.

Il lui disait malgré tout « je t'aime », lui susurrait des mots doux, la câlinait et était là à chaque fois qu'elle avait besoin.

Mais du jour au lendemain, il avait changé, il s'énervait de plus en plus, sortait tous les soirs, lui reprochant de l'étouffer et de trop l'aimer. Il n'était pas un enfant, lui avait-il dit un jour et par conséquent, il n'avait pas besoin qu'on le materne. « Sa mère en avait assez fait, lui avait-il asséné. »

Il ne pouvait se résoudre à la quitter, mais il faisait un peu plus chaque jour qu'elle en ait marre et qu'elle décide de partir. Il l'avait donc quittée, bien avant qu'elle lui demande de partir, car déjà, il était passé à autre chose ou plutôt à une autre femme. La violence avec laquelle il lui avait infligé cette peine, sans se soucier du désespoir dans lequel cela avait plongé Marie, lui qui savait que son amour pour lui avait atteint le seuil de non-retour. Il venait alors d'euthanasier cette relation qu'elle avait tant idéalisée et qu'elle avait mise tant d'années à construire. Lorsqu'elle avait enfin décidé de reprendre sa vie en main et d'accepter que quelqu'un d'autre puisse lui dire : je t'aime, le voilà qui revenait et qui voulait reprendre là où ils s'étaient arrêtés.

Elle avait consenti à dépasser ces contingences terrestres et les remises en question. Après tout, c'est lui qui ne voulait plus d'eux, c'est lui qui aspirait à d'autres expériences, à se repaître d'autres pensées et d'autres corps afin de se réaliser. Et même si l'inconnu lui fichait la trouille et qu'elle avait eu peur de ne plus jamais pouvoir se reconstruire, elle se préparait à aller ailleurs avec Birane, elle ne savait pas si ce serait un ailleurs meilleur que ce qu'elle avait vécu avec Driss, mais elle voulait tenter l'aventure.

Pourquoi s'interdire de vivre ?

Il était resté autant de temps sans donner de ses nouvelles et sans demander des siennes. Après son départ, elle avait angoissé, pleuré, et s'était rongée les ongles. Elle était juste perdue sans Driss. Elle avait fini par se fondre en lui, elle avait cessé de penser à la première personne depuis trois ans et voilà qu'il lui demandait de le faire. Elle ne savait plus vers qui se tourner, ni où aller, ni comment et encore moins pourquoi. Ses amis à lui étaient devenus ses amis à elle, et elle aurait été incapable de les revoir. Tout en eux lui rappellerait Driss. Elle avait tout bonnement perdu ses repères, et c'était comme si, il l'abandonnait seule en haute mer, sans bouée.

Son départ aurait dû sonner le glas et entériner son passage dans sa vie, au lieu de ça, elle s'était fossilisée dans la position d'une veuve inconsolable jusqu'à ce que Birane ait posé ce regard sur elle. Il n'était pas parfait, mais ses yeux étaient emplis d'étincelles et son sourire facétieux avait fini par la charmer. Elle se sentait belle à nouveau, rafraîchie surtout, elle en oublia toutes inhibitions et tristesse. Le temps passa, l'image de Driss finit par s'estomper pour ne devenir qu'une ombre. Ses défenses avaient fini par céder. Elle s'était jurée de ne plus ouvrir son cœur, de ne plus laisser un homme lui causer tellement de mal, mais la gaieté et la facilité de vivre de Birane avaient fini par la convaincre.

Elle repensait de temps à autre à son amour perdu et se demandait qu'est-ce qu'elle avait fait à part espérer vouloir le changer, changer ce côté sombre qui le poussait à la débauche. Comment aurait-elle pu rester à ses côtés s'il continuait à s'autodétruire, elle aurait fini par être comme lui. Elle lui avait quand même donné sa chance. Ne lui avait-elle pas été fidèle pendant ces cinq ans, n'avait-elle pas elle tenu sa parole ? Elle avait pris la décision de le quitter, elle avait eu peur que l'amour qu'elle ressentait pour lui ne finisse par se muer en haine, la frontière entre ces deux étant malgré tout ce que l'on pouvait dire assez nébuleuse. Elle avait donc fini par s'éloigner, elle avait entretenu cette flamme, la nourrissant des poèmes qu'il lui avait écrits, la vivifiant des souvenirs qu'elle avait de leur relation, des moments qu'ils avaient passés.

Son âme sœur lui tournait une fois de plus le dos. Il lui avait réellement causé de la peine, mais elle ne lui en avait jamais voulu, on pardonne toujours ceux qu'on aime.

Bien au contraire, elle avait tenu parce qu'elle savait qu'ils se retrouveraient un jour. Ici ou là-bas. Elle l'avait toujours su, mais elle ne pensait pas que la rencontre se passerait ainsi. Elle n'avait jamais aimé ni été heureuse avec une autre personne que lui. Pendant toutes ces années, elle avait vécu des jours sans lendemain laissant la tristesse et son absence glisser sur elle. Elle n'avait jamais pu aimer réellement Birane. Il était tendre et attentionné, mais il n'était pas Driss.

Elle l'avait attendu, mais il n'était jamais venu. Tout en elle n'était qu'amour pour Driss. Et cet amour, même s'il n'avait trouvé écho, elle n'avait eu que ça pour tracer le chemin de sa vie. Elle n'avait eu que la force d'aimer Driss, mais il n'était jamais venu la chercher. Son fantôme l'avait hantée toutes ces années.

C'est son esprit qu'elle aimait, il était brillant et savait parler. Il avait l'art de la rhétorique et savait comment vous amener à penser comme lui. Loin d'être un manipulateur, il savait juste comment saisir son auditoire. Il s'exprimait rarement en public, mais lorsqu'il s'en donnait la peine, il faisait partie de ceux qu'on écoutait, qu'on regardait avec la main sous le menton. Il était de ceux qui captivaient l'attention et que l'on admirait. On buvait ses paroles. On lui en demandait encore, son point de vue était presque déterminant, ses analyses pertinentes. Il avait un don, il le savait et il n'hésitait jamais en user.

« Driss, j'ai tenté de le détester en vain, j'avais presque réussi à balbutier : je te hais ! Mais une petite voix me dit : aime-le comme tu t'aimes, ne le rejette point, il est toi, il est ton autre, s'il s'enfuit tu te perds, si tu te perds, tu te meurs. »

Alors, elle l'avait aimé.

Elle avait couvert son souvenir de douceur, elle l'avait accueilli à nouveau dans son cœur. Lui qu'elle cherchait, en lui, elle se retrouvait baignée de lumière écarlate, emplie de tendresse délicate. Driss, elle avait envie de lui dire pardonne cet être faible que je suis, j'oublierai les erreurs que tu as commises si tu ne blâmes pas mon ignorance. Mais elle avait tellement essayé, qu'elle avait fini par le détester.

Elle haïssait Driss parce que lorsqu'il s'adonnait et se soumettait à ses désirs les plus bas, il ne s'attachait à rien de constant. Il pouvait apprécier plus la chair que l'esprit et lorsqu'il s'en lassait, il n'hésitait pas à tourner le dos et à partir sans regret et sans un regard derrière lui. Elle avait cru pouvoir le changer et le mener vers ce qui était essentiel à ses yeux...en vain. Elle lui avait offert son cœur, un port d'ancrage, des psaumes, un foyer, un asile où il pouvait venir se réfugier. Elle lui avait tout donné, afin de lui prouver qu'il n'avait plus à chercher et que s'il ouvrait un tant soit peu les yeux, il pourrait se rendre compte qu'elle était sa part manquante. Elle en avait alors fait un combat et elle commençait à se persuader qu'elle avait gagné la bataille. Ça, c'était avant qu'il ne commence à se détacher et à laisser l'autre Driss, celui qu'elle redoutait tant, refaire surface et l'emporter loin d'elle, la privant à jamais de quiétude. « Je ne m'étais juste pas rendue compte que la guerre, je l'avais perdue le jour où je l'avais rencontré et que son âme, je n'avais jamais su le sonder. Et pour cela, je me hais. Je me déteste.

Je ressens presque de la rancœur envers moi- même, de m'être laissée aller.

Plus jamais !

Il aura été ma plus grande passion, mais aussi mon plus grand regret. Son inhumanité aura marqué comme un sceau mon existence. J'en viens à ressentir encore, le goût de l'amertume.

J'avais tant prié la providence pour qu'il revienne et me dise qu'il n'aimerait que moi durant toute sa vie et que je lui manquais depuis toujours. Je voulais juste qu'il soit là de nouveau pour que je lui crie que lorsqu'il n'était pas avec moi, j'avais du mal à respirer et que mon amour pour lui rimait avec éternel. Je n'ai jamais pu lui dire que mon cœur vibrait pour lui et que chaque parcelle de mon corps attendait d'être explorée par ses caresses et qu'il était l'essence même qui vivifiait mon âme. » Elle aurait voulu après son départ, courir après et lui dire que son cœur ne retenait que les merveilleux souvenirs qu'elle avait de lui et rien d'autre, que son amour pour lui n'avait jamais diminué. Pourtant, le souffle coupé, elle n'avait pas pu esquisser un mouvement. En état de prostration et figée comme un statut de marbre dans le temps, elle n'avait rien fait. Il était juste parti, laissant derrière lui une traînée de tristesse faisant pleurer les anges et les oiseaux.

« Et puis comprends-moi Driss, il y a aussi Birane, et bien sûr les enfants, je ne pourrai jamais les abandonner. Ils ont été mon exutoire, mes salvateurs, le lien indéfectible qui me ramenait à la vie à chaque fois que je me laissais aller à sombrer dans le gouffre de ton absence. »

* * *

Mahécor frappa à sa porte. Lorsqu'elle vit sa mine, elle avait cru qu'il était au courant que Driss était venu la voir la veille.

— Driss ne va pas bien, lui annonça-t-il simplement.

— Comment ça, il est rentré ?

— Non Marie, il a eu un AVC.

Son monde s'effondra avec cette phrase.

L'apocalypse !

Désastre, destruction, annihilation de tout ce en quoi elle croyait, catastrophe, en une seule fraction de seconde, sa vie venait de basculer du côté obscur. Ce fut comme un ouragan qui venait ravager avec effroi et fascination, toute son existence. Entre horreur et sidération, malheur et vide profond. Elle découvrait la raison qui la maintenait encore en vie. La tristesse prit d'assaut son esprit, une terreur irrationnelle venant lui ôter toute envie de vivre.

Non, ce n'est pas possible, je l'ai vu hier. Ne plaisante pas avec ça. Tu sais à quel point il est important. Si c'est lui qui t'a envoyé pour jauger ma réaction, dis-lui que c'est bien piètre de sa part.

— Non Marie, Driss a été emmené à l'hôpital, il

a failli mourir. Les médecins ont dit qu'il avait eu un AVC hier et cela aurait pu lui être fatal. C'est le service de chambre qui l'a découvert sur le lit. Je suis passé ce matin à son hôtel, pour savoir comment vos retrouvailles s'étaient passées. Je n'ai pas eu de ses nouvelles depuis hier, je craignais le pire, mais jamais je n'aurais pensé qu'il lui était arrivé quelque chose.

— Non, non, non, ne me dis pas cela, je l'ai vu, hier je te dis, il était jeune, beau, bien portant.

Non, il n'oserait pas me faire ça. On ne s'est pas encore tout dit. Non Mahécor, dis-moi que ce n'est pas vrai et que mon amour va bien et qu'il pourra me prendre à nouveau dans ses bras. Dis-le-moi !

Elle martelait de coups le torse du meilleur ami de Driss qui tentait tant bien que mal de la calmer. Alors, elle se mit à pleurer. Elle pleura ces cinq années, elle pleura son absence, elle pleura son amour, elle pleura le mariage qu'ils n'ont pas eu, elle pleura les enfants qu'ils n'ont pas faits ensemble, elle pleura le temps qu'ils ont perdu, elle laissa aller ses larmes contenues depuis leur séparation.

Ils partirent ensemble à l'hôpital pour le voir. Il était encore en réanimation, mais les médecins étaient confiants. Il était jeune et sportif, il s'en sortirait, leur avait-on assuré. Mais les jours qui allaient suivre aller être décisifs, car il risquerait de garder des séquelles de ce drame.

Mahécor était resté avec elle toute la journée. Le soleil qui commençait à rendre l'âme, de ses rayons avait traversé la pièce, la jetant dans une atmosphère dorée, mais étouffante, le temps semblait s'étirer pour ne jamais prendre fin. Elle avait admiré tellement de fois la robe dorée du ciel avec Driss, les couchers de soleil se succédant, mais ne se ressemblant jamais. Ces ombres d'or qui se jetaient sur la Seine lui rappelaient aujourd'hui qu'elle n'était pas aussi forte qu'elle le pensait. Elle se sentait en effet faible, à bout de course, ses espoirs venaient de mourir, communiant avec le soleil qui rendait son dernier souffle. Cette parfaite symphonie des couleurs et des images qui ondoyaient tout le long du semblaient la narguer avant de la plonger pour l'éternité dans cette immense noirceur qu'elle avait tant redoutée.

Mahécor était resté là sans dire un mot, il attendait juste sans bouger. De la douleur, il en était imbibé. Il avait peur de perdre son meilleur ami, il aurait beaucoup de mal à se remettre d'une telle perte. Driss était plein de défauts, se dit-il, il était difficilement compréhensible, il était instable, paradoxal dans ses attitudes, limite dépressif, mais il avait toujours été là pour eux. On pouvait dire ce que l'on voulait de lui, mais c'était le genre d'amis qu'on pouvait réveiller au beau milieu de la nuit sans qu'il émette la moindre objection. Il savait écouter sans juger, alors qu'eux avaient passé tout leur temps à se plaindre de ses attitudes. Il n'avait jamais eu un mot de travers, malgré le fait qu'ils regorgeaient tous de défauts. Il n'avait jamais rien dit, il les aimait tels qu'ils étaient, il n'avait jamais cherché à les changer, il aimait cette différence, il disait que c'est ce qui rendait l'humanité aussi riche. Que de remontrances n'a-t-il pas entendu de leur part, quand il avait quitté Marie, mais lui ne les condamnait jamais lorsqu'ils se séparaient de leur compagnon. Il affirmait juste que ce n'était pas la bonne personne et que celles avec qui ils devaient partager leur vie étaient sur la route et qu'ils les rencontreraient un jour, s'ils ouvraient l'œil. En fait, c'était lui le plus sage et le plus mesuré dans ses réactions. Mahécor repensa aux moments qu'ils avaient tous partagés ensemble et une larme coula le long de sa joue.

— Il était seul, lui qui ne l'a jamais été. Il avait si peur de la solitude. Jamais, je ne me le pardonnerai. J'ai abandonné mon meilleur ami.

— Et moi, j'ai failli le tuer !

— Je t'interdis de penser de la sorte. Tu sais bien qu'après sa mère, tu es la seule femme qu'il ait jamais aimée, il ne sera pas en paix, si tu culpabilises. Il t'aime Marie, il t'aime plus que tu ne penses et plus qu'il ne peut éprouver. Pardonne-lui de t'avoir infligé autant de mal.

— Je ne lui ai fait que des reproches, j'avais l'occasion de lui dire que je l'aimais, mais je ne l'ai pas fait.

— Tu ne pouvais pas savoir. Il ne comptait pas rentrer sans toi, il serait revenu jusqu'à ce que tu décides de revenir avec lui. Il me l'a dit.

Ils étaient à nouveau tous réunis dans le salon de son appartement, comme du temps où ils étaient encore étudiants et qu'ils y passaient leur soirée. Séyane avait été la première à venir, elle n'arrêtait pas de pleurer, sa détresse était la plus poignante, elle était tellement jeune. Le colonel avait été le suivant, la démarche toujours aussi raide et les gestes bruts, il n'avait pourtant pas hésité à prendre Marie dans ses bras et à pleurer avec elle, lui qui faisait toujours usage d'une certaine impassibilité, il se laissait aller pour la première fois. Makhtar put se libérer en fin de journée, il n'avait rien dit depuis qu'il était arrivé, il avait juste une mine triste. Ils passèrent la nuit ainsi. De temps en temps, quelqu'un évoquait un souvenir, mais ils étaient tellement absorbés dans la douleur que personne ne réagissait.

— Je vous interdis de parler de lui au passé et d'évoquer des souvenirs, cria Mahécor. Driss est vivant, il va lutter, il est fort et il va s'en sortir, il sait qu'il n'a pas le droit de partir. On a besoin de lui.

— Parlait-il de moi, demanda Marie

— Il ne parlait que de toi. Marie pourquoi vous avez été aussi butés, lui répondit Mahécor ?

— C'est lui qui est parti, ne l'oublie pas.

— Mais tu pouvais aller le rejoindre !

— Après qu'il m'ait abandonnée ?

— Oh non ! J'ai toujours été de ton côté, j'ai pris ta défense avec véhémence, mais là je ne suis pas d'accord. N'as-tu jamais compris que s'il t'a laissée, s'il a tout fait pour que tu le détestes, c'était parce qu'il t'aimait trop pour t'infliger du mal et que lorsqu'il s'est rendu compte qu'il ne remporterait jamais cette guerre qu'il menait contre ses féroces démons, il a préféré te laisser partir afin de t'éviter de vaines souffrances.

— Que fais-tu des autres filles ?

Elles n'ont jamais compté, elles étaient aussi perdues que lui. Tu as été la seule « normale », la seule qu'il nous ait jamais présentée. Il pouvait parler de toi durant des heures, il ne tarissait pas d'éloges pour parler de ta beauté, pour louer ton intelligence, ton humanité, ta bonté, ta générosité.

— Il fallait l'arrêter, rajouta Makhtar qui sortit enfin de son silence. Toutes celles qu'il rencontrait par-ci par-là étaient tout aussi émotionnellement déchirées que lui.

— Il n'a jamais voulu faire d'effort pour nous permettre d'être heureux.

— Marie, toi comme moi, nous n'avons jamais cessé de le critiquer, repris Mahécor. Que n'avons-nous pas tenté pour le changer, le façonner par rapport à notre idéal, au lieu de le prendre comme il était ? Nous sommes forts, lui ne l'est pas, nous l'apaisions, mais nous ne sommes pas restés. On était les seuls à connaître par quels tiraillements il passait et pourtant, nous l'avons laissé repartir.

— Il ne voulait pas de notre aide Mahécor.

— Justement Marie, je ne te parle pas d'aide, je te parle de compassion, d'épaule, de soutien, nous l'aimons, mais nous n'avons rien tenté. Il va falloir que ça change.

— Je ne sais pas quoi te dire.

— Excuse-moi, je n'ai pas le droit de t'accuser de quoi que ce soit.

J'ai la tête qui tourne et ce sentiment d'être enchaînée, poussant des cris que l'on n'entend pas, impuissante face à ce trou béant d'où émanent tant de pleurs qui me couvrent. Aujourd'hui, au cœur de ce tourment, je me sens plus proche de la nuit que de la délivrance et mes espoirs se brisent. Je m'enfonce comme une plume accrochée au sang. Driss je l'aime

Mahécor, il était celui qui me permettait d'être moi et qui me faisait sentir la douceur de vivre. Je l'ai rencontré et j'ai su à cet instant, le pourquoi de ma naissance. J'étais née pour l'aimer et pour être aimée de lui.

— Ne sombre pas Marie, je ne pourrais en supporter davantage. La souffrance doit maintenant cesser, vos âmes ne méritent pareille déconvenue, cette glissade délétère vers une perte malvenue me sidère. Je me demande, comment vous pouvez, vous infliger cette peine.

* * *

Driss se tut un instant.

— Et alors ?

— Alors quoi ?

— Qu'est-ce qui s'est passé à ton réveil.

— Je suis ce qu'on appelle un miraculé. Comme le fut jadis ma venue au monde. J'ai eu du mal au début, la convalescence a pris beaucoup de temps, un an pour vous dire, mais je m'en suis sorti.

— Et tes amis ?

— Je suis parti.

— Encore ! S'écrièrent en chœur Kadhi et Lamine.

— Oui, encore, je suis parti, parce que je ne voulais pas de leur pitié. Lorsque je me suis réveillé dans cet hôpital où je ne connaissais personne, je me suis échappé.

— Tu n'en as pas marre de fuir ?

— Si, mais je ne savais pas ce qui s'était passé, je ne savais pas que Marie était restée tout ce temps à mes côtés. Je suis parti, parce que j'étais persuadé que plus jamais, je ne pourrai la reconquérir. Je croyais l'avoir perdue à jamais. Je suis donc parti.

— Oh, ne put dire que ça Kadhi.

Si j'avais eu le goût de vivre, j'aurais certainement demandé qu'on m'aide à le retrouver. Mais je n'ai jamais ressenti un feu brûlant synonyme d'un profond désir de vivre, continua-t-il. J'errais sans but, ne sachant pourquoi je menais une telle existence, et pourquoi je vivais d'ailleurs. Même si j'avais tout pour être heureux, je n'ai jamais pu me résoudre à l'être. Je ne croyais en rien, je ne croyais pas en l'amour, ni à la béatitude et encore moins aux gens. J'étais empli d'une certaine melancholia et personne pour m'édifier sur le sens de mon existence. Je croyais fortement qu'il y en avait un, j'étais à sa recherche, depuis ma tendre enfance, mais je n'avais rien trouvé jusque-là qui me poussait à éclairer ma lanterne.

Et même si c'était triste à dire, je désespérais tout simplement de ma vie si inexpressive et je trouvais dans la débauche le seul moyen de ressentir quelques autres sentiments. Je vivais une existence restreinte, car ne sachant son réel sens. Ma rencontre avec un philosophe ne fit qu'accentuer cette consternation. Il tenta en effet de m'expliquer que je devais mener ma propre existence, sans me soucier des règles et m'affranchir de toutes sortes de morale. C'était pour lui le seul moyen de connaître le bonheur. Je devais selon lui, oser vivre et assouvir mes plus profonds désirs. Il conclut en me disant que je devais vivre intensément chaque moment de la vie et ne pas me soucier des conséquences que cela pouvait avoir. Je lui expliquais que c'est ce que j'avais tenté de faire jusque-là, mais tous les jours mon désarroi se creusait encore plus, me jetant dans un abîme de culpabilité.

J'avais toujours eu l'impression d'avoir été envoyé dans ce monde sans raison, sans rien à me raccrocher et sans aucune transcendance. Ma mère m'avait souvent demandé de me raccrocher à Dieu, cependant ma Foi n'était pas inébranlable. J'enviais les gens qui pouvaient trouver en la religion la réponse à leurs questions. Ils étaient sereins, ce qui n'était pas mon cas. Ils pouvaient trouver la paix dans la prière ou encore dans la méditation, mais moi rien n'y faisait. Au repos, j'étais encore plus troublé par les nombreuses questions qui flottaient dans ma tête. J'assumais entièrement ma liberté, mon trop-plein de liberté me diriez-vous, je posais mes actes sans aucune coercition. Puisque je ne savais pas la raison de mon existence, j'avais décidé par ces actes, de me forger une raison de vivre.

Je n'avais juste pas compris que ce n'était pas parce que j'étais libre, que je devais faire n'importe quoi. Je n'avais pas pris conscience que mes actes auraient une répercussion sur la vie de mes proches. Vous n'allez certainement pas y croire, mais j'ai découvert une chose, c'est que la finalité, je veux dire, le but d'une existence doit être la recherche du bonheur. Perdants seront ceux qui n'ont jamais réussi à être heureux dans cette vie, je l'ai été.

Je n'ai jamais su bien profiter des bouts de bonheur que la vie m'offrait. Je les ai ignorés, je dirai même méprisés. Et aujourd'hui, je me rends compte que je voulais réellement être heureux. J'ignorais juste comment arriver à cet état : ce qui constitue ma douleur.

Si j'avais osé expérimenter ce que c'était le bonheur, peut être Marie aurait été mienne aujourd'hui, mes amis toujours à mes côtés, mes parents fiers de leur unique fils. Mais, je ne suis pas allé au bout, car je pensais n'avoir pas besoin de ce qu'ils appelaient bonheur. Je me méprenais.

J'étais celui qui en avait le plus besoin, j'aurais dû vivre à la recherche de ce bonheur que je croyais perdu sans jamais avoir cherché à la gagner. J'aurais dû me convaincre qu'être heureux ne me serait jamais servi sur un plateau, je devais le vouloir, le conquérir, être assez déterminé pour mener les actions qui me mèneraient à cet état. C'est ce que vous faites, toi Kadhi à travers tes combats, tu as suffisamment pansé tes blessures pour aider les autres et toi Lamine tu refuses d'attendre, tu as décidé de prendre ton destin en main.

Comme une chasse au trésor, je devais le prendre telle quelle, des indices ayant été semés tout le long de mon chemin, pour me permettre d'arriver à l'ultime but, qu'ils soient immergés ou non, enterrés ou visibles, ils me menaient au trésor et avaient de ce fait une valeur importante dans mon existence. Dès lors, je devais faire avec les autres, cesser de m'enfermer et m'ouvrir à la nature, à ce qui m'entourait.

Je le comprends trop tard !

Vous me direz certes que le fait d'être heureux ne dépend pas de nous, de ce que nous sommes prêts à faire pour y arriver, de nos actes quotidiens, mais le simple fait de vouloir tendre vers cet idéal est déjà une réussite en soi. Pourquoi ne pas commander la nature et obliger ce qui nous entoure à contribuer à notre bonheur ? Le résultat n'est-il pas le plus important ? Vous êtes des exemples vivants. C'est ce que vous faites au quotidien.

Je me suis longtemps convaincu du fait que je ne pouvais accéder à ce qui ne dépendait pas de moi, je m'étais fourvoyé, car j'aurais dû persister dans cette lutte, le salut de mon âme y dépendait. Je n'ai pas poussé les limites de l'impossible.

Ma mère me disait toujours : « Driss, toute impossibilité est une possibilité non encore exploitée. »

J'aurais dû l'écouter et explorer encore et encore le champ de l'impossible, afin d'accéder au bonheur. Je devais me suffire pour cela de ce que la providence m'avait offert : j'avais des amis qui étaient là pour moi et un ange qui était entré dans mon existence comme une étoile posée sur un lac sombre de tristesse. Mais cet astre était si lumineux et tellement fragile que je n'ai pu prendre soin de lui, mon âme sœur était prête à se damner pour moi. J'avais des parents avant tout qui avaient tout donné pour voir la lueur du bonheur traverser ne serait qu'une seconde la perle de mes yeux. Il n'en fut rien, j'étais juste aveuglé, et je refusais d'entrevoir la lumière. Qu'ai-je donc attendu toutes ces années, à quoi ai-je donc rêvé ?

Rien !

Absolument rien : le néant. Je persuadais les autres

que je voulais guérir, mais il n'en était rien, je n'avais jamais voulu naviguer dans des eaux non troubles, je n'avais jamais cherché à être le capitaine qui tenait la barre du navire de mon bonheur. J'ai voulu renoncer à cet aspect essentiel de mon existence.

Pourquoi ? Je ne saurais le dire.

Ma mère, encore une fois, pour me rassurer me dit qu'elle savait que j'avais le désir d'être heureux, mais que je ne souhaitais pas savoir comment faire pour y parvenir. Pour être heureux, il faut savoir faire des concessions, ce que je n'ai jamais su faire. Difficile d'accéder à la lumière si on n'a jamais cherché à être guidé. Je ne peux en vouloir qu'à moi-même, mes parents étaient juste fabuleux, ils avaient toujours été bons avec moi, je n'aurais pu espérer mieux de leur part, tant qu'ils ne ménageaient aucun effort pour que je sois heureux dans cette vie.

Je ne peux donc rien leur reprocher. Ils m'avaient donné les armes, ils m'avaient appris à m'en servir, ils ne pouvaient aller à la guerre avec moi. Cette lutte, oui plus qu'une conquête pour moi c'était une lutte, je devais la mener seul, mais surtout avoir l'envie de la régenter et de la remporter. Je devais lutter pour échapper à ces troubles qui emportaient mon âme.

J'avais tout, je pouvais donc profiter, être heureux sans angoisser, sans me dire que ce bonheur finirait par se teinter de mélancolie. J'ai eu cette enfance que tu n'as pas eu Kadhi, mon père était doux avec moi, j'avais eu cet amour qu'on t'avait arraché Lamine, pourquoi, ne m'étais-je pas contenté de ce que j'avais ? Je devais me sentir comblé, mais j'ai toujours opposé aux autres cette facette sombre, ce visage triste, ce cœur lourd, ces mains tremblantes, ces gestes gauches, cette peur au ventre, c'était ma nature et je ne voyais pas l'intérêt de changer. Comment donc ai-je pu être aussi irréaliste, perdu même je dirai ? J'ai toujours cru qu'être heureux, cet état de l'être humain relevait de l'utopie. Le bonheur, me disais-je alors étant fait de telle sorte que je ne pourrai jamais être épanoui. Ces milliers de petites choses qu'il fallait pour atteindre ce sommet me paraissaient illusoires. Je souffrais vraiment de ne pouvoir être comblé, je me mettais des obstacles, me convainquais que je ne pouvais être comme les autres.

J'étais aussi faible, car pour moi, être satisfait c'était avant tout, être maître de soi, avoir du pouvoir sur soi-même, le pouvoir de choisir entre deux voies, celle du bonheur ou celle des personnes perdues. Longtemps, je me suis raccroché à la facilité, j'ai sombré dans la débauche, j'ai été insensible, j'ai blessé ceux que j'aimais, j'ai déconsidéré ceux qui méritaient toute mon attention. J'avais cru que le fait d'arriver à me départir de toutes formes de contraintes était ma façon d'être heureux, je me sentais libre, car n'ayant aucune attache, c'est du moins ce que j'avais tenté de faire croire aux autres. Je pensais avoir une volonté libre, circonspecte et indépendante à souhait. Mon moi intime en réalité n'avait pas du tout d'emprise sur moi, il n'a jamais été assez puissant pour m'imposer la quête du bonheur. Je me demande d'ailleurs, si je devais vraiment aller à la recherche du bonheur, je l'avais en face de moi, je n'avais juste pas su le reconnaître et le vivre pleinement. Je disais être à la prospection d'un point essentiel qui manquait à ma vie, mais ce que je cherchais était sous mes yeux, je n'avais qu'à ramener la tête à son niveau et je me serais aperçu que le bonheur existait tel qu'il était décrit dans les livres, et que toute personne y avait droit et surtout y avait accès.

Lorsque je l'avais enfin fait, j'avais pris conscience qu'il était trop tard, puisque nous en sommes à ce tête-à-tête. Au lieu d'être ivre d'allégresse, je suis ivre de remords. Le bonheur, comme je vous le disais doit être notre but, il est la seule chose qu'on doit rechercher, la seule lutte qui mérite notre acharnement. Lorsque nous y accédons, nous devons savoir nous contenter de ce que l'on a. Il est certes bien de chercher, mais il faut aussi savoir s'arrêter à temps.

Je suis devenu bien trop sérieux me diriez-vous, sans doute, l'événement que j'ai vécu y est pour quelque chose, mais c'est surtout le fait que je me surprends à constater que je n'ai jamais réellement vécu, et le bonheur ne se résume pas au nombre de filles qu'on a eues dans son lit, au nombre de soirées qu'on a passé à noyer ses peines dans l'alcool et les pétards. Ce sont, ces menus plaisirs de la vie qui en constituent la sève et qui en ont la saveur. Si tous les Hommes aspirent au bonheur alors, sa recherche doit être un état de plaisir permanent et sa découverte puis sa dégustation, le sommet de l'extase. J'avais le désir, mais je n'avais pas la volonté c'est ce que ma mère m'avait dit, ma pauvre mère, elle n'était que sagesse, comment n'ai-je pas pu comprendre ce qu'elle tentait de me faire saisir.

Je suis admiratif de vous les gars, je veux juste dire qu'il nous faut vivre, et arrêter de chercher. Le bonheur est à notre portée.

Tu m'entends Kadhi fit-il, ouvre grand les yeux et tu verras que ce que je te dis est d'une cruelle véracité. Ne t'en fais plus pour ce père qui vous a fait tant de mal. De l'amour, tu en trouveras toujours dans le regard des gens qui t'entourent. Tu es faite pour être aimée et pour aimer.

La vie est comme un sablier qui s'atrophie de jour en jour, vous ne pourrez jamais savoir quand le dernier grain touchera l'autre partie et sonnera la fin de votre existence. Dans de telles conditions, vous devez apprendre à vous délecter de l'instant présent comme si c'était le dernier sans pour autant renoncer à se projeter dans le futur. Les grains qui vous auront échappé ne seront plus jamais revécus, vivons alors tant que nous pouvons et vivons surtout intensément. Des jours vécus intensément sont assurément les meilleurs. Brûler frénétiquement la chandelle par les deux bouts, c'est vivre le bonheur que la providence nous offre, c'est arrêter d'aller à la quête de cette utopie que l'on se fait de la notion de bonheur. On n'aime pas finalement le bonheur, mais l'image que l'on se fait de lui.

Je faisais souvent un rêve, j'étais dans une eau claire et j'étais infiniment bien, je nageais dans un océan de volupté. De toute ma vie, jamais je n'aurai connu ce sentiment de plénitude qui me saisissait lorsque j'étais immergé dans ces profondeurs. Cet état de grâce était ce que j'avais recherché durant toute ma vie. Je me suis acharné à ressentir un sentiment comparable et qui me doterait d'autant de bien-être, en vain. Je fus donc un éternel insatisfait. Insatisfait de n'avoir su garder la femme que j'aimais, insatisfait de n'avoir

jamais été l'auteur de renom que j'aurais voulu être, insatisfait de n'avoir su répondre à l'appel de ma mère, aux supplications de mon père, insatisfait de cette vie où jamais, je n'aurai goûté au plaisir extatique qu'offre le désir de vivre. Ma vie était vide de sens au final, car je ne lui ai jamais donné le sens qu'elle méritait d'avoir.

Les senteurs de ce rêve me ramenaient à mon Afrique pulpeuse, l'odeur de la terre mêlée à la pluie opaque, ils me ramenaient chez moi et me faisaient revivre mon enfance exotique. À travers sa musique, je me remémorais : je revoyais le visage de ma mère, son sourire, la façon dont j'accourais pour me blottir dans ses bras, mais je ressentais déjà, dès ma prime jeunesse, le spectre de la solitude et du mal-être. J'étais sur le pont des âmes perdues et je me sentais si proche et tellement loin. Le vent qui secouait les murs de ma vie faisait remonter des souvenirs : souvenirs des temps anciens, souvenirs de l'innocence lointaine et de tristesse empreinte. On vit et on meurt, n'oubliez pas. On se laisse juste porter par le courant de la vie même si on lutte contre lui. Le moindre mal finalement au regard des malheurs qui nous entourent. On doit tous une dette à Dieu en contrepartie de la vie qu'il nous aura pourvue et ce quelles qu'en soient ses teintes... ... il est temps pour moi d'honorer ma dette, si je suis revenu d'entre les morts, c'est que sûrement je n'ai pas encore fini ma mission sur terre : celle d'aimer Marie.

Épilogue

— Et maintenant ?

— Maintenant quoi, Kadhi ?

— Tu vas la reconquérir ? Enfin, tu vas essayer du moins, parce que rien ne te dit qu'elle voudra de toi.

— Ton optimisme me ravit et me donne de l'espoir, fit ironiquement Driss.

— Tu vas t'en tenir là, tu ne vas pas te battre, essayer de la reconquérir ? Tu sais qu'elle n'attend que ça ? Tu n'as pas fait tout ce soliloque pour t'en tenir là, lui demanda Lamine ?

— Justement, j'y retourne et cette fois je ne reviendrai pas sans elle. Mahécor m'a appelé pour me dire qu'elle avait divorcé d'avec Birane. Il avait fini par renoncer à essayer de faire concurrence à mon fantôme.

— Tu as raison chef, approuva Lamine, tu vas y arriver.

— Bonne chance à vous les gars, enfin...le gars et la fille, fit-il en faisant un clin d'œil à Kadhi, qui levait déjà les yeux au ciel.

— Par contre Driss, pas de long discours cette fois, reprit Lamine, demande-lui juste de te pardonner de l'aimer au point d'être égoïste et un brin misogyne.

Mais dis-lui que ton amour est sincère et pur. Vous êtes faits pour être ensemble, il n'y a pas de raison pour qu'elle ne te revienne pas.

— Je le ferai. Je vous remercie, ce fut un plaisir de vous parler.

— Et tiens-nous au courant Driss, je serais enchantée de la rencontrer, qui sait peut être, qu'elle pourra me dire qu'est-ce qu'elle te trouve réellement, lui dit Kadhi.

Ils éclatèrent tous de rire.

— Promis, on se tient au courant. Une dernière chose Kadhi, ne fait pas comme moi, cet homme dont tu nous as parlé t'aime et est prêt à te soutenir, ne fais pas la bêtise de t'entêter et de croire que tous les hommes sont nés pour faire souffrir les femmes. Tel n'est pas le cas, regarde Lamine, c'est un gars bien dans ses baskets.

— J'y penserai...

— Il y a un rendez-vous qui ne se rate pas Kadhi, si on ne l'honore pas, on risque de le regretter tout le temps que durera le reste de notre existence, renchérit Lamine.

— Et quel est-il, demanda-t-elle ?

— Le rendez-vous de l'amour. Ton âme meurtrie pourrait retrouver une certaine douceur. Ne lève pas les yeux au ciel. Le vrai amour ne se présentera à toi qu'une seule fois dans ta vie. Toutes les autres fois où tu auras cru aimer ne sont que des tentatives d'amour. Ces autres fois te préparent à ce seul et unique rendez-vous, vois-tu... Sauve toutes ces femmes, mais tu peux le faire en aimant Wali.

— Je te remercie Lamine, je promets d'y repenser.

Une voix retentit dans les haut-parleurs....

« Mesdames et messieurs, nous informons les passagers du vol 8845 à destination de Paris, que l'embarquement se fera à la porte 42... »

Disponible sur www.editions-afrikana.com,
sur www.amazon.com et sur de nombreux autres points de vente.
Montréal - Mai 2018.